うつヌケ

うつトンネルを
抜けた人たち

田中圭一

"UTSUNUKE"
KEIICHI
TANAKA

角川書店

もくじ

第**1**話

田中圭一の場合①

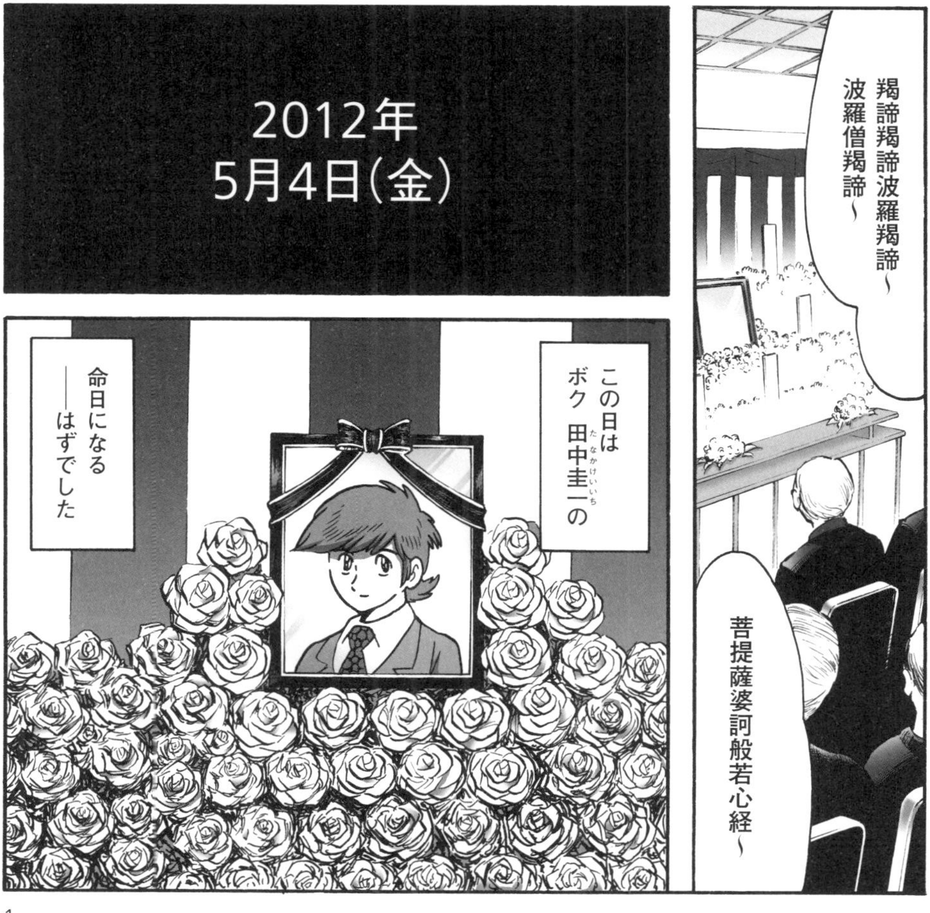

羯諦羯諦波羅羯諦～波羅僧羯諦～
菩提薩婆訶般若心経～
2012年
5月4日(金)
この日はボク 田中圭一《たなかけいいち》の
命日になる——はずでした

じつは
2005年ごろから
ボクは
「謎の苦痛」に
蝕《むしば》まれていたのです
毎日毎日続く
原因不明の
つらさ
つらい… つらい…
つらい日々
生きるのがつらい…
絶え間なく
つきまとう
原因不明の
「恐怖と
不安」
こわい こわい
未来が不安で とにかくこわい…
どんな曲を聴いても
どんな映画を観《み》ても
どんな風景を見ても
なんの感動もわかない…
体も心も脳内も
全部灰色になったような
すごくキツイ感覚をかかえつつ
サラリーマンとマンガ家——
このふたつの仕事で
365日働きづめの
日々でした…
ボクを
苦しめる
「つらさ」や
「不安」は
日に日に
つみ重なって
行き…
つらい… つらい
生きるの つらい
つらい…
こわい…
こわい… こわい…
未来が こわい…

あぁ…
つらい…
つらい…
なぜこんなにつらいんだ？
つらいよ
つらさに耐えられずボクは彼らにこう約束したのです
わかった…
おまえらのつらい気持ちはわかったよ
つらいよ…
つらいよ…
つらい
つらい
つらいよ…
だから
ボクが50歳をむかえる日に自殺してあげる
そうすればおまえらのつらさも消えてなくなるだろ？
そして　今
2014年10月

ボクは――
あーっ！空気がうめぇ!!
日射しがまぶしーっ!!
10年近く続いたうつのトンネルからやっと出てきました
――ということではじめまして
サラリーマン兼業マンガ家の田中圭一です
うつとは無縁のアシスタントカネコです
10年！…10年ですよ！ホントに長かった
人生を70年だと仮定して7分の1の期間が暗黒トンネルの中だったんですもん！

サラリーマンとマンガ家――ふたつの仕事で365日休みなし…
心も体もやられちゃいますもんね
それはちがう!!
ボクは仕事が大好きで苦痛だなんて思ったことはなかったよ
じゃあなにが原因で田中さんは「うつ」に?
なんだと思う?
ボクと同じ原因で「うつ」になっている人ってたくさんいるんじゃないかと思いますよ
なにもったいぶってんですか?
おしえてくださいよ
自分を
キライになったこと
です
もともとボクは「仕事が好き」――というより
「仕事をしている自分が好き」でした
玩具メーカー営業マン
ゲームプロデューサー
マネージャー

2000年の春に勤めていたゲーム会社で社長に色々とウソをつかれて
もうやめます
なかばヤケになって退職して
知人の紹介で小さなソフトハウスに営業マンとして入社しました
そこで「ゲーム開発ツール」を売ることになりました
ほう！
この仕事はボクにとって畑ちがいすぎました
？？ でもゲーム会社からの転職だから畑ちがいとは思えないけど
わかりやすくたとえると…
テストドライバーをやっていた人が
自動車組み立て用のロボットを売ることになった
同じ「自動車」でもここまで分野のちがう仕事なんです
そこまで畑ちがいでムリのある転職だったのに
がむしゃらにがんばって入社早々大きな成果をあげてしまった
新規顧客を大幅に増やしました!!
おおぉっ！
よかったじゃないですか
よくないの
ここからボクは永い永い「うつトンネル」に入っていったんです

心の奥底にある「こんな仕事は自分には向いていない」——という思いにフタをして
向いてないよ～
もっとがんばらねば——と自分のハードルを上げてしまった
しかし!! 早晩限界はやってきました
営業成績
もともとプログラマーでもないボクが「ゲーム開発ツール」を売るのにはムリがあったんです
それでも周囲の風あたりは強く
本気を出せばできるのに最近は手抜きしてるの?
プログラムの勉強をしてください
田中さんには期待してるんだからサボらないでよ!
会社の人からのクレーム、グチ、不満げな顔…それらを毎日つきつけられて
やがて
オレってなにもできないダメ人間じゃん
会社のお荷物だよオレって…
自己嫌悪なんて誰にでもあることじゃないですか
そんなささいなことで10年も「うつトンネル」をさまようなんて…

ささいに思えるけど この「自己嫌悪」は うつへの大きな「引き金」に なるんです
次は この「引き金」を 引いたあと ボクがいかにして トンネルから 抜け出せたか？を お話しします
ほう…
青い空が グレイにしか 見えなくなる 日々…
まるで 電気イスに 縛りつけられた ような 恐怖を感じる 日々…
そんな 暗黒の日々を 経験して
そこから 脱出できた 者として…
でもボクは医者じゃないから 「こうすればいいよ」とは 言えない
だから脱出に 成功した 人を取材して たくさん レポート して…
苦しんでいる人が出口を 見つける手助けになれば いいと思っています
今も トンネルの中で 苦しむ 人たちを
救わずには いられない
ただひとりでも いい このマンガで トンネルから 出られる人が いれば…

つづく

第2話　田中圭一の場合②

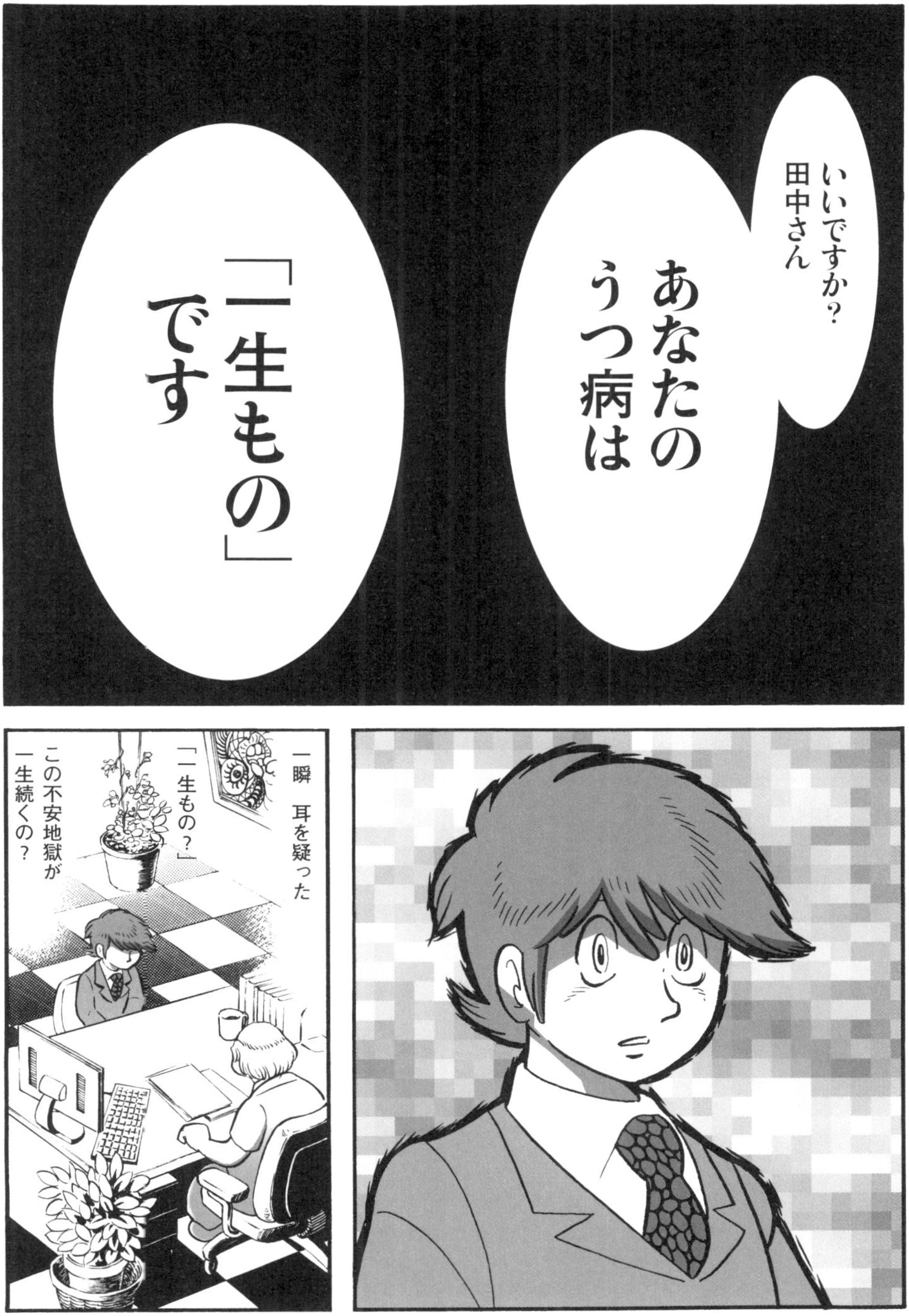

――ということで田中圭一です
「うつの気持ちはさっぱりわからん」代表のカネコです
2006年 春――
ボクは医者から精神安定剤を処方され常用していたのですが…
薬が日に日に効かなくなり…
薬の量を増やすように医者から指示され
1日3錠
1日9錠
このまま薬の量がどんどん増えていったら…
まずいのでは？
「うつ脱出マンガ」なのにいきなり「一生もの」
なにがあったんですか？
そう思い医者に黙って勝手に薬をやめてしまったら
不安 不安 不安
不安 不安 不安
とんでもない不安がおそってきて…
医者に相談しに行ったところ…
さっきの「一生もの」発言ですよ！
注意!!
医者に黙って薬をやめるのは・・・とっても危険です！
――ったく！
苦しみの渦中にいる患者に医者が言うセリフじゃないよ!!
その医者に不信感をつのらせたボクはとうとう「医者を転々とする」…いわゆるドクターショッピングを始めてしまいました
一生もの！
じょーだんじゃない
薬を変えた方がいい
さらに強い薬
不安で不安で
それ泥沼パターンですよね？

たしかに
カネコの言うように
それは無間地獄でした
どの医者も
信じられ
ない
この
トンネルに
出口はあるのか？
本当に
「一生もの」なのか？
さらにボクを
苦しめたのは
「濁った寒天」
でした
なんで
すか？
そりゃ
まるで脳が
濁った寒天で
包まれている
ような
頭に
いつも
「もや」が
かかった
ような
ポヤ〜っと
した感じ
意識が
ぼやける
記憶が
あいまい
になる
活字が
頭に入って
こない
音楽に
感動
できない
それでも会社を
休むわけにはいかない
——と体にムチうって
まさに
こんな感じで
仕事をして
いました
そのデータ
明日までに
まとめてね
休むべきでしょ
こんななったら
「うつの原因」を
見つけだそうと
のたうちまわっても
みましたが…
血行が
悪いから？
サウナ
栄養
不足？
サプリ
男性
更年期？
異常なし
結局原因は
特定できない
まま
何年も過ぎて
いきました
ますますぶ厚くなる
寒天
そんなある日
うつトンネルを
さまようボクは
偶然にも…
小さいけど
光だよね？
あれ？

それは
コンビニの文庫本売場で
たまたま見つけた
本でした
うつ病
解消の本？
精神科医
自身が「うつ」に
なって
自ら考えた
方法で
脱出したのか
説得力が
あるな…
そこには　ボクが
思ってもいなかった
うつの「正体」が
書かれていたのです
薬では
「うつ」は治らない
なぜなら…
うつ病は
「これ以上ムリをしては
いけない」という
体が発する
「非常ベル」だから
この本を読んで
10年にもわたってボクを苦しめてきたものの
正体がついにわかりました
オレって
ダメなやつだ
キライダヨ
キライダヨ
自分の心が
自分の体（や脳）を
きらいになってゆく
眠れなく
してやれ
不安を
与えて
やれ
疲労感を
与えてやれ
自分に合わない
職場で
無理してがんばる
うまくいかず
「自分をきらい」に
なってゆく
すると
きらわれた体（や脳）は
心に対して反抗する
この「症状」こそ
「これ以上ムリをするな」
と体が発する
アラート
だったんです!!

なるほど…でも正体はわかってもそいつのやっつけ方はどうするんです？
カンタンだよ
自分を好きになればいい
ただそれだけ
です
キモッ！なんすかそれ
そもそも自分を好きになれなかったから「うつ」になったわけで簡単に好きになれたら苦労はないのでは？
ところがこの本には
それができる方法まで書いてあるんです
すばらしい…
ステップ1
ありのままの自分を受け入れよう
能力が足りない？うん！それもふくめて自分だよ
ステップ2
「――ねばならない」という考えは棄《す》てよう
家族は仲良くせねばならない？……いやいやそうでなくてもなんとかなるよ
ステップ3
ネガティブな言葉はやめて自分をほめよう
失敗をしたけどボクはよくやったよ実力はついてきているはず
こんなの凡百《ぼんぴゃく》の自己啓発本にだって載ってますよ
話は最後まで聞きなよ

参考資料『自分の「うつ」を治した精神科医の方法』（河出書房新社）

2ケ月もたつと
あ！　陽射しが気持ちイイ！
この動画超おかしい
死んでいた「感性」が徐々に戻ってきて
わく　わく　わく　わく
マンガ
脳を包む寒天が日に日に薄くなってくるのを実感しました
日々の生活の中に「笑う」ことが増えていき
ギャハハ
マンガ家とサラリーマンの兼業で忙しいのに
ロフトプラスワンでトークイベント企画するから出ない？
同人誌出したいから手伝ってよ
気づくと色々と新しいことを始めていましたホント無意識に始めていました
その一方で会社の業績は下がっていき対策として新しい人材を何人も入れ内部の刷新をはかっていき
よろしくお願いします
そんな中その日はやってきたのです

会社の
目指す
方向も
組織も
大きく
変わる…
なので
田中さん
には
もう
転職を
すすめられ
…いわゆる
リストラです
——で
ボクは
その時
直感的に
こう
思ったんです
明日から
「自分に向いた仕事」を
探せる
今　ボクは
背中を押された
あの日の帰り道
夕景が
キレイだったのを
今もおぼえています
ほどなくしてボクは
マンガ家の
キャリアとスキルを
活《い》かせる
新しい会社で
働くことになりました

つづく

第3話　田中圭一の場合③

どうも
うつを抜けた
田中圭一です
うつの気持ちは
さっぱりわからない
カネコです
――はて？
前回うつの
抜け方を
ついに
探りあて
みごと脱出を
はたしたはずの
田中さんが
再び、この
ていたらく
つまり
前回の
話は
すべて
「ウソだった」
のですね
いやいや
いやいや!!
話は
最後まで
聞けよ
カネコ
なんの前ぶれもなく
ある日いきなり
ぶり返してきた
「うつ」
あの時は
さすがに
ボクも心底
恐怖しました
でも
その翌日
あれ？
今日は
いないぞ
あいつら
いやだ!!
いやだ!!
いやだ!!
また
あの
トンネルに
逆戻りする
なんて!!
それから
必死の調査が
はじまり
ました
なんの
前ぶれも
なく
再び
あの
トンネルに
戻るかも
しれないなんて
怖すぎる!!
カチ
カチ

この謎の現象「突然リターン」の原因をつきとめようとネットや本を読みまくるうちに…
ん？
これか？
まちがいない
これだ!!
うつ病はある日を境に急によくなるわけではありません一進一退をくり返しながら徐々によくなっていくのです
よくなって
よくなって
よくなって
ちょっと戻る
ちょっと戻る
これで「突然リターン」が起こるんだ!!
でもこれじゃあまだ
問題は半分しか解決していませんよね
「突然リターン」が起こること自体は判明したけれど…
「なぜ起こるのか？」その原因はまだわかってないわけでしょ？
そうなんだよ
その原因はどんなに調べてもまったく出てきませんでした
なにが引き金になるんだ!?「突然リターン」の!!
そんなある日ボクは意外な「ヒント」を手に入れるのです

うつの渦中にいたころに毎日つけていた気温と精神状態の記録をグラフ化してみたところ
あれ!
3月・5月・11月に大きな谷がある…
精神状態の上下動
12月 11月 10月 9月 8月 7月 6月 5月 4月 3月 2月 1月
これがヒントでした
一般的なイメージとしてうつ病は冬に重くなり夏に軽くなる――そう思いがちですが
ボクの場合はそんな単純ではなかったんです
さて 3月 5月 11月に共通するものってなんだ?
ん!?
もしかして…
5月1日 12℃
5月2日 22℃ 暖かい
5月3日 10℃ セーターの日
うつ 5月4日 24℃ 半そでの日
うつ 5月5日 26℃ 暑い
思い出した!
5月って…
そでまくりしなくちゃいけないような暑い日の翌日に…
セーターを着ないと寒いくらいの日が来たりする
そうだよ!!
日によって10度近い気温差があるとボクの気持ちは
沈む!!
3月も5月も11月も季節の変わり目で日々の気温差がはげしい時期だ
ひょっとして…

ボクの「うつ」を重くしているのは
「はげしい気温差」!?
そしてボクのこの仮説は
明日は今日とはうって変わって冬型の気圧配置となり朝から冷え込みが
明日は急に気温が下がるのか
じゃあ来るな「突然リターン」
みごとに証明された!!
おはようございます
やっぱ来たかおまえら
さらにダメ押し!!
ボクがこんな状態なんだから同じように気温差にやられてる人も多いのでは?
スマホ
ああ!!
列車情報
運転見合
人身事故
JR中央
人身事故
京王線 京王八王
人身事故
東急東横線
人身事故
JR横須賀線
これで確証を得た!!「うつが来る日」は予測できる!!

そうか…
こんな簡単なことだったんだ
昔は「うつ」の渦中にいたから気温差による「うつ」の変動は目立たなかった
気温
19度
20度
8度
21度
9度
20度
20度
トンネルを抜けたことで「うつ」の水位が下がって…気温差が「うつ」を呼ぶことが顕在化したんだ!!
ここ!!
この日に「突然リターン」が起こる
からくりがわかったことで
いっきに霧が晴れた

なるほど…正体がわかってしまえば不安は消しとびますよね
たとえるなら目的も正体もわからない「幽霊」が
なぜオレの所に出るの？
どんな怨念があるの？
性質や目的がハッキリしている「妖怪」だということがわかった…みたいな感じでした
妖怪「石小僧」
寝ている人の上へのってきて石のように重くなる
石小僧だ
のってみたいだけ…
そうこいつらは「幽霊」じゃなくて「妖怪」だ
好ましい存在ではないけれどつきあい方がわかればけっして怖くない
さらにツイッターで情報を集めてみると…人によってさまざまな「引き金」があることがわかってきました
「気圧が下がるとダメ」って人が多いなぁ…
台風が近づくと「うつ」が来ます
他にもこんなものが「引き金」としてあがっていました
・ホルモンバランス
・胃の調子
・血行
・体温
「いじめ」や「DV」のような明確な理由がある場合は別として「うつ」はさまざまな外部要因によって引き起こされることがわかってきました

さて…その後も「突然リターン」はたびたびやって来たけれど
うわ!
また来た
訪れる「妖怪」の数は目に見えて減ってきました
ん?
今日は3匹?
そしてボクは心の底から実感しました
大丈夫…
うつはそのうち完全に治る
台風が近づいたある日ボクはこんなツイートをあげてみました
みなさん!もしも明日急に気分が落ち込んだとしたらそれは台風による気温と気圧の急激な変化が原因です落ち着いて安心して過ごして下さい
そして翌日にはこんな返事が…
田中さんのつぶやきのおかげでうつ状態でも怖くなくなった
原因を言いあててくれたので安心できました
気分が沈んだけど落ち着いて行動できました
するとこのツイートは5000人以上にRTされました
ボクが手にした安心は多くの人に伝わったのです

つづく

第4話 照美八角の場合

ジャキッ…
ちょ…ちょっと！照美《てるみ》さん!!
トイレでなにやってるんですか!?
え？髪が伸びたから
切ってるだけだよ
いや
その…
トイレでやることですか？……それ
え？
そうか…なにやってんだ!?オレ…

みなさん!! そこそこ大丈夫ですか?
「うつヌケ」レポーター田中圭一です
うつの気持ちはさっぱりわからんカネコです
いよいよ今回から「うつトンネル」を抜けた人たちをレポートしますよ
――で…
1回目のゲストは!!
ダーッ!!
ゲームクリエイターの照美八角《はっかく》(仮名)です
うまいっすねこのミカン
これはなんの冗談です? 本当にこの人「元うつ」ですか?
本当ですよねあのトイレのエピソードも
あれは80年代後半のこと…
あの時代はファミコン全盛期でソフトは作れば作るだけ大ヒット!
大手メーカーで働くボクもヒット作を連発!!
まさにイケイケでした

そんな実績が上司の目にとまり
会社のビッグプロジェクトを27歳の若さでまかされることになりました
な…なんですか？これ
それはディズニーランドの「スター・ツアーズ」にゲーム要素を入れたようなキャラクターゲームでした
もともとアメコミやアメリカのゲームが大好きなボクにとってとてもやりがいのあるプロジェクトでした
でしたけど…
すばらしき企画内容とはうらはらにマシンスペックがまったく追いついてなくて問題は山積みでした
スクリーン暗すぎて
使えないね…
うぅイヤな予感
上層部からの期待と重圧
いっこうに解決しない技術的課題
でろぉん
でろん…
でろぉん
会社に週6日泊まりこんでも遅々として進まない現場
なんだ!?
なんだ
そんな日々の中でとうとう…
この時点でギブアップすべきでしょ？ふつう
またおまえは無神経な

たしかにギブアップすべきでした
でもあの時
となりのプロジェクトチームが後に伝説となる革新的な格闘ゲームを開発中で――
ボクのプロジェクトにとって強大なライバルでした
自分のプロジェクトを成功させることはすなわち――
ボクの「自己実現」そのものでした
なんとしてもやりとげなければ――という強迫観念にとらわれ
周囲の人が差しのべてくれたであろう手助けに気づくことなく
なんでできてないんだよ!!
無理を重ねて自分を壊して
とにかく「自己実現」を誰にもじゃまされたくないと思ってました
そして
ついに
体が動かなくなって
長期で会社を休むハメになりました
そのうえ

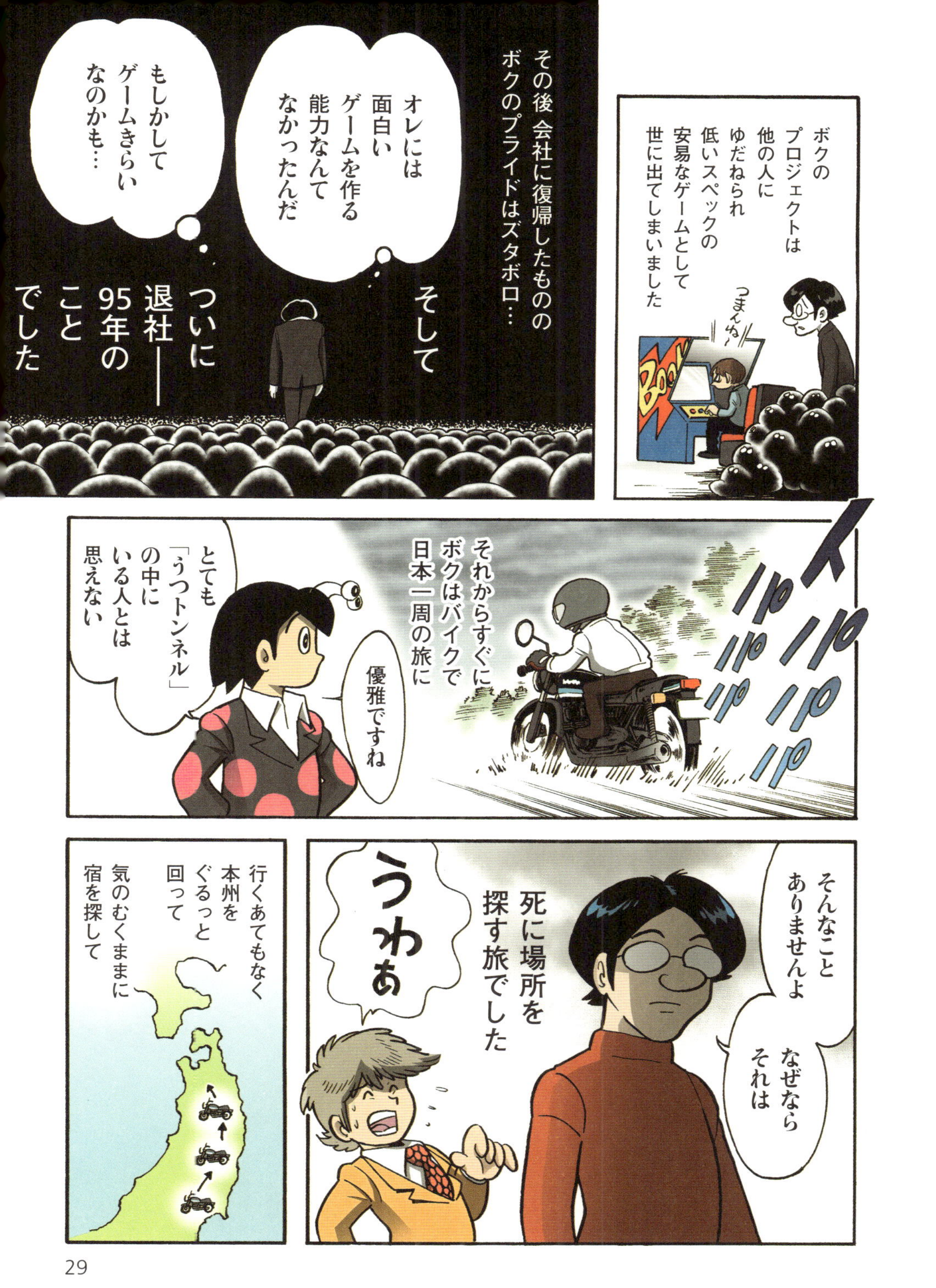
ボクのプロジェクトは他の人にゆだねられ低いスペックの安易なゲームとして世に出てしまいました
つまんねー
BOOM
その後 会社に復帰したもののボクのプライドはズタボロ…
オレには面白いゲームを作る能力なんてなかったんだ
もしかしてゲームきらいなのかも…
そして
ついに退社——95年のことでした
ドドドドドドド
それからすぐにボクはバイクで日本一周の旅に
優雅ですね
とても「うつトンネル」の中にいる人とは思えない
そんなことありませんよ
なぜならそれは
死に場所を探す旅でした
うわぁ
行くあてもなく本州をぐるっと回って気のむくままに宿を探して

そうして毎日いろんな温泉につかって
もう仕事とは無縁になった自分を傍観するうちに
なんか…
すべてがどうでもよく思えてきて
気が楽になってきました
仕事から逃げ出してきたけど…
こいつめ…
結局逃げてよかったんじゃないか——そう思えてきたんです
それってトンネルの出口にさしかかったのでは
これからどうしようかなそう思っていた時でした
誰だ？
ルルルルル
ルルルルル

元気!?
あ…
それは
あの
ライバル
プロジェクトの
ディレクター
でした
知人が
シカゴで
ゲームを
作ることに
なってさあ
「ディレクターが
どうしても
見つからない」って
泣きつかれて
照美さん
アメコミ
とか
アメリカの
ゲームに
くわしいし
それに
若いのに
あの
ビッグ
プロジェクト
を
進めてた
じゃん!
だから
その仕事は
きみにしか
できないなって
思って
あ…
あの
やりたいです!!
自分が
必要とされた
——という
よろこび
仕事をしても
いいんだ——
という安心感
そして
つらい時に
無理して
がんばって
いたのを
見ててくれた
人がいたという
事実——

これらの気持ちが
あわさって
まっくろ
くろすけ
かな
「うつトンネル」の
出口が
見えて
きたんです
照美さんの場合
よかったのは
結果的だった
とはいえ
「仕事から
逃げたこと」
ですよね
例えば
タイムマシンで
あの渦中に
戻れるとしたら
なにをします？
あの時に戻れたら
自分を拉致してでも
仕事からひきはがします！
そりゃ「責任」も「立場」も
あるでしょうけど
自分が壊れる前に
「逃げる」道もあるんだ！
そう説得します
いいから
つかれ!!
はい…
とにかく温泉はイイ！
特におねーちゃんと
行く温泉は!!
その後
照美さんは
他の会社に入って
大ヒットゲームを
連発することに
なるのです
なんか
ムカつき
ますよね
この人…

つづく

あの時ボクはうつだった　その1

あの時ボクはうつだった　その2

第5話「折晴子の場合」

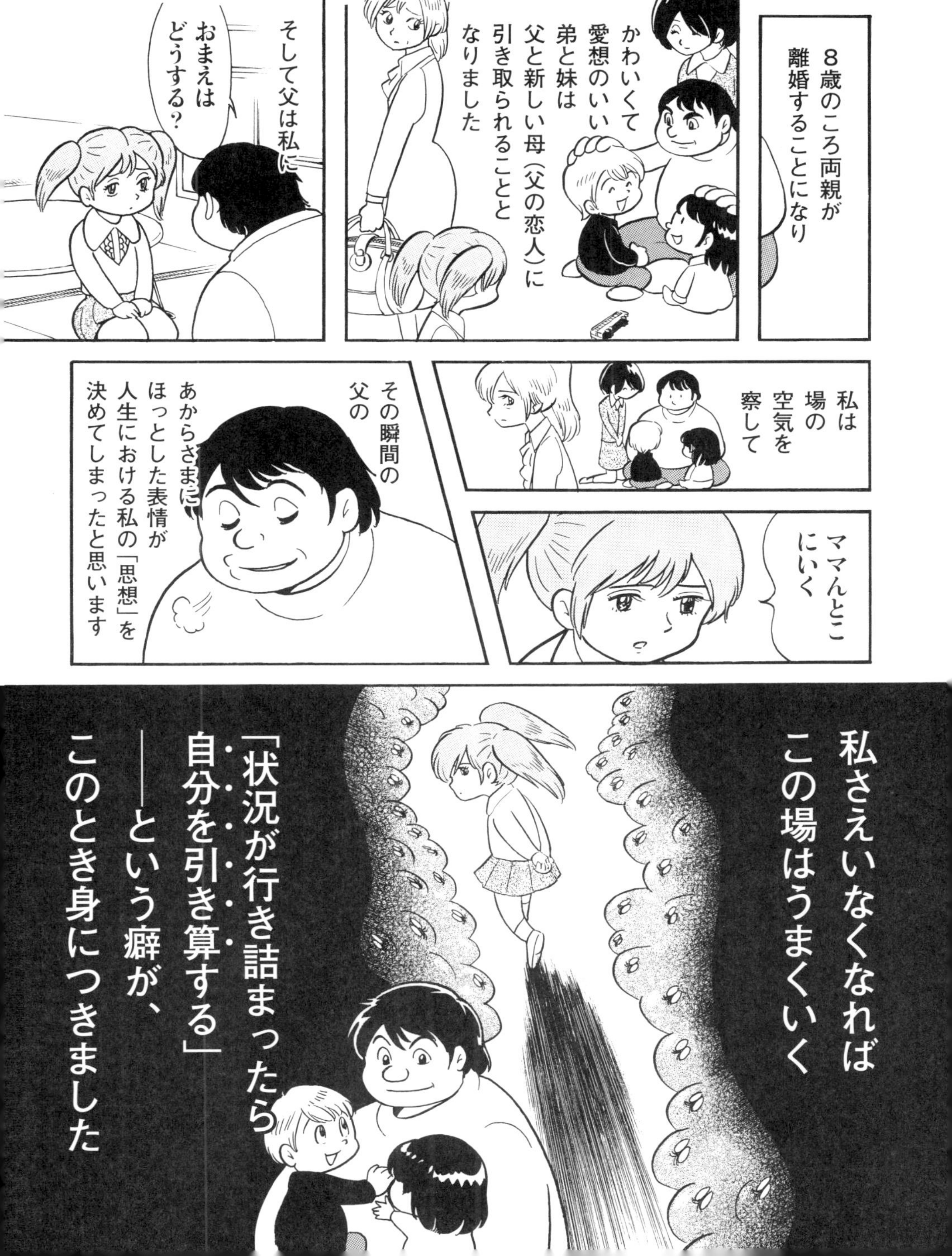
8歳のころ両親が離婚することになり
かわいくて愛想のいい弟と妹は父と新しい母（父の恋人）に引き取られることとなりました
そして父は私に
おまえはどうする？
私は場の空気を察して
ママんとこにいく
その瞬間の父の
あからさまにほっとした表情が人生における私の「思想」を決めてしまったと思います
私さえいなくなればこの場はうまくいく
「状況が行き詰まったら自分を引き算する」
——という癖が、このとき身につきました

みなさん悪い意味で人なつこい「うつ」とうまくやってますか？
うつヌケ経験者田中圭一です
うつの気持ちはさっぱりわからないカネコです
イントロのエピソード重いよね…あれはトラウマになるよ
そんなもんですか？
子供だからイヤなことはすぐに忘れるのでは？
ぐはっ!!
たわけっ!!
グキキ
私はあれに呪縛されて「うつトンネル」をさまよったのよ
ということで今回のゲストは
雑誌編集者の折晴子《おりはるこ》さん（仮名）です
母についていった私は成長するにつれ彼女と気が合わないことがわかってきました
学力優秀
本の虫
でも自意識が強く頑固
あんたは女の子のくせに頭でっかちでゴーマンで…
ホントかわいげがないわ
ガキン!
うわ…きつ!!

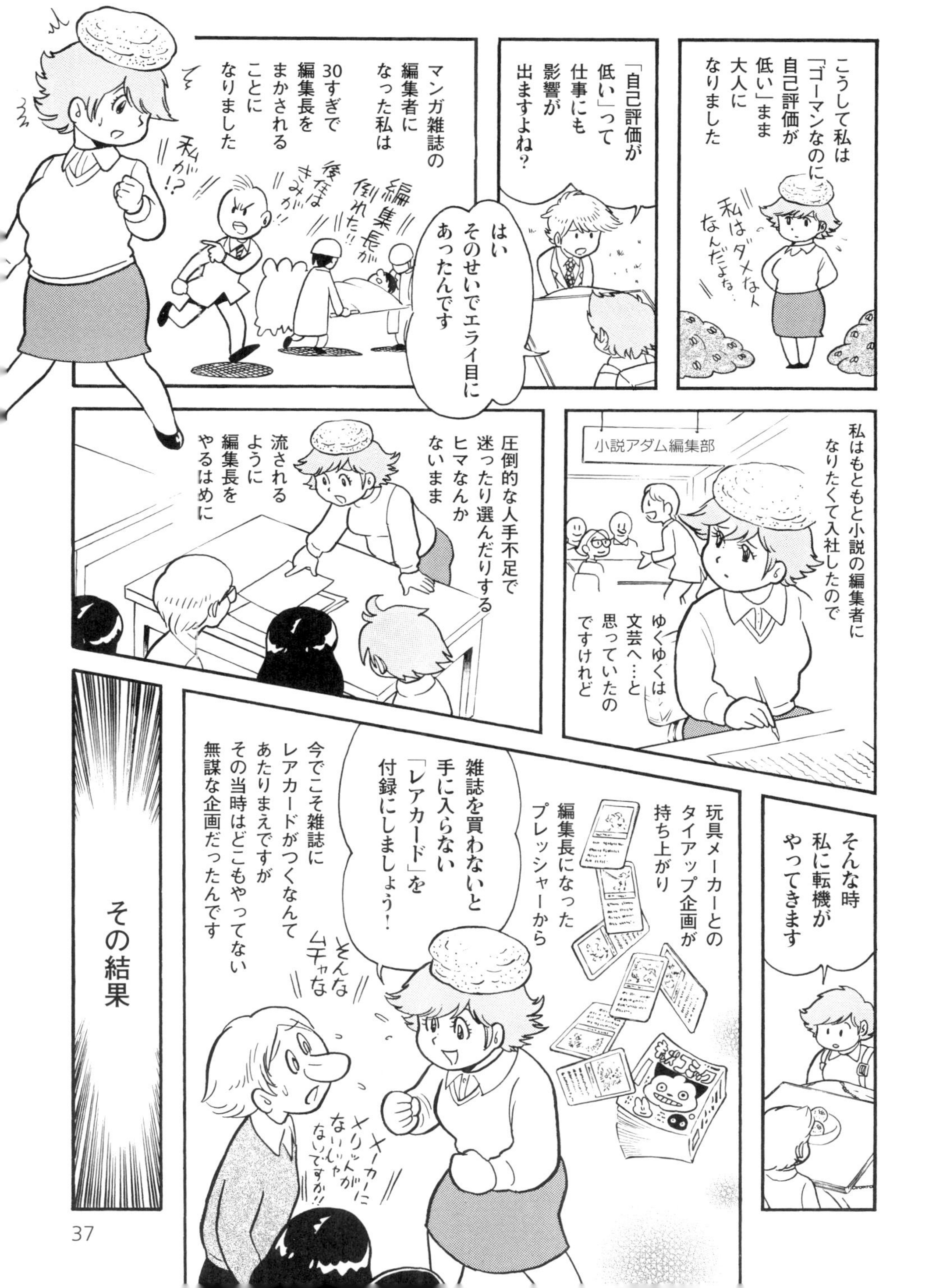
こうして私は「ゴーマンなのに自己評価が低い」まま大人になりました
私はダメな人なんだよな…
「自己評価が低い」って仕事にも影響が出ますよね？
はい そのせいでエライ目にあったんです
マンガ雑誌の編集者になった私は30すぎで編集長をまかされることになりました
編集長が倒れた!!
後任はきみだ!!
私が!?
私はもともと小説の編集者になりたくて入社したので
小説アダム編集部
ゆくゆくは文芸へ…と思っていたのですけれど
圧倒的な人手不足で迷ったり選んだりするヒマなんかないまま
流されるように編集長をやるはめに
そんな時 私に転機がやってきます
玩具メーカーとのタイアップ企画が持ち上がり
編集長になったプレッシャーから
雑誌を買わないと手に入らない「レアカード」を付録にしましょう！
そんなムチャな
メーカーにメリットがないじゃないですか!!
今でこそ雑誌にレアカードがつくなんてあたりまえですがその当時はどこもやってない無謀な企画だったんです
その結果

雑誌は大ヒット!!
部数はイッキに3倍になって
社長賞をいただきました
そして
私はダメじゃない…
パキッ
私はやれる!!
よかったですね！自信を持てて
とんでもない！これが「うつトンネル」の入口でした
「レアカード」はいわばカンフル剤のようなもので打ち続けるにつれ段々と効き目が落ちてきたんです
ビギナーズラックのような成功でヘンに自信を持ってしまった私は
頭を使おうよ頭を!!
みんなバカなの？
ちょっとは売れるアイデア出せないの!?
やる気ないの？ねえ！
能力ないんじゃないの!?
今ならパワハラで訴えられてもおかしくないほどの暴君でしたホント恥ずかしい
ボクにもありました！仕事がうまくいって自信過剰になってまわりを威圧しまくって……その結果
いよいよもって部数がヤバい領域に入ってきて
不採算
なんだよあの編集長ガミガミ言ってるだけで実力なんてこれっぽっちも…
そして

不眠
早朝覚醒
じんましん
胃潰瘍
え？
え？
たえられない不安感
きたーっ!!
いつものやつだ
やがて私の雑誌と同じように低迷していたもうひとつの雑誌が統合されることになりました
当然編集長のポストはひとつしかないわけで…
そこで　私は
私さえいなくなればこの場はうまくいく
じゃあ　私　異動願いを出します
異動願
自分から編集者としての人生を降りる決断をしました
それから心療内科にかよいつつ宣伝部でのんびりと仕事をする日々…
それでも心をよぎるのは
10代のころから編集者になりたくて
やっと入った出版社で編集長までやったのに
自分を引き算して編集者を降りてしまったことへの後悔

それでも時がたつにつれ色々なことが見えてきたんです
見えてきた？
宣伝担当という編集者とはちがう距離から作品を見る能力と編集者の経験をプラスすることで――
編集者のしてほしいことがわかる宣伝マンとして重宝されるようになったんです
このプランでどうですか？
おっ！これだよ!!わかってんじゃん!!
そしてある日文芸誌（小説雑誌）の創刊に宣伝担当として加わっていた会議の場で
だからこれくらいしつこくアピールしないとこういう雑誌はダメなんですよ!!
ちがうでしょ!?
広告はターゲットを定めて投下しなくちゃ意味ないわ
あーっ!!もう!!
いい!?折さん
そんなに私のやり方に異を唱えるのなら
編集者として私の所へ来なさい!!
あんたみたいにわかって宣伝も編集もできる人なんて
どこ探してもいないんだから！
ドン!!

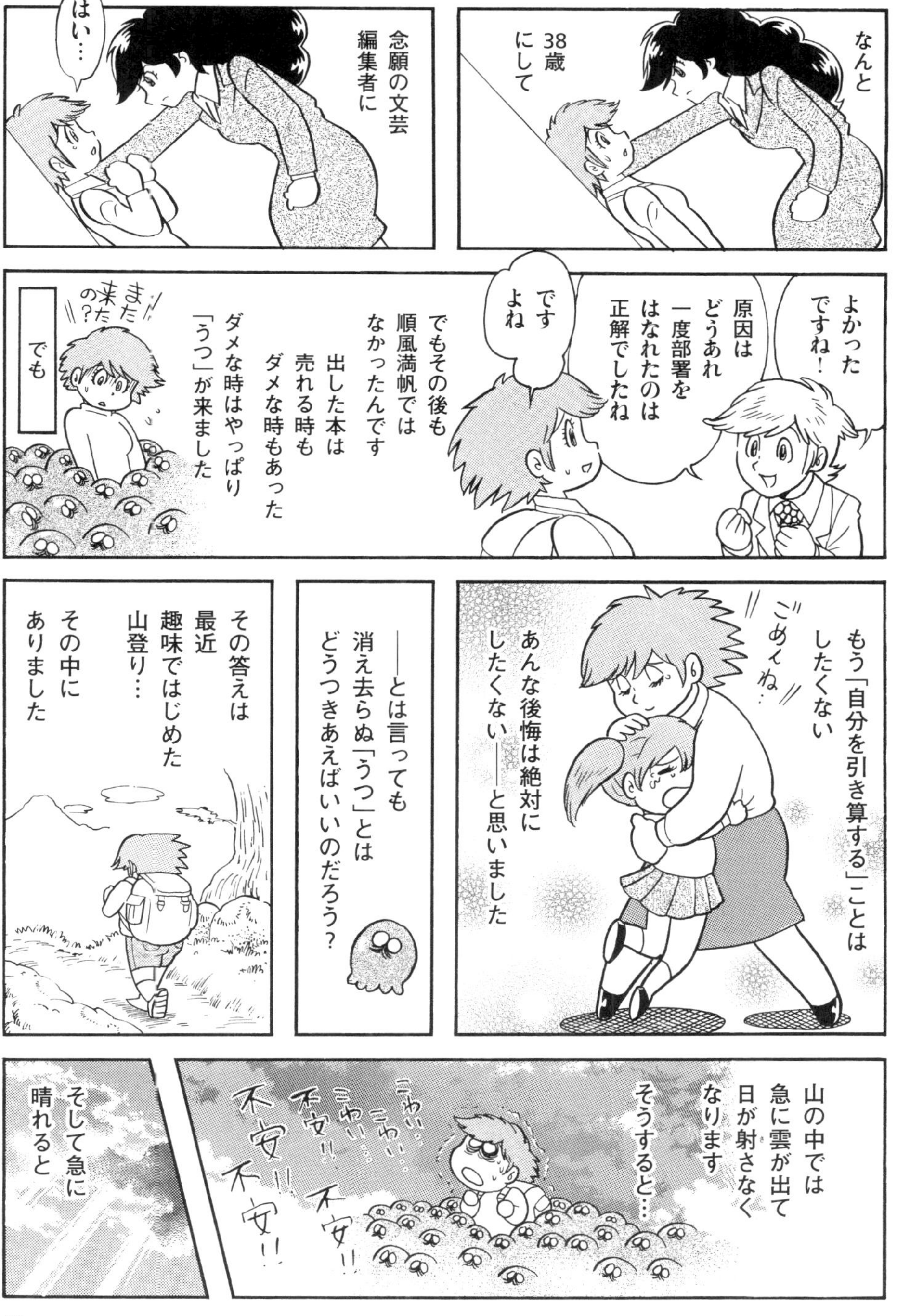

なんと
38歳
にして
念願の文芸
編集者に
はい…
よかった
ですね！
原因は
どうあれ
一度部署を
はなれたのは
正解でしたね
です
よね
でも
来ました
の？
でもその後も
順風満帆では
なかったんです
出した本は
売れる時も
ダメな時もあった
ダメな時はやっぱり
「うつ」が来ました
もう「自分を引き算する」ことは
したくない
ごめんね…
あんな後悔は絶対に
したくない――と思いました
――とは言っても
消え去らぬ「うつ」とは
どうつきあえばいいのだろう？
その答えは
最近
趣味ではじめた
山登り…
その中に
ありました
山の中では
急に雲が出て
日が射さなく
なります
そうすると…
こわい…
こわい…
こわい…
不安!!
不安!!
不安!!
不安!!
不安!!
そして急に
晴れると

ああ
爽快!!
「お天気」というささいな外的要因で私の精神状態はガラっと変わってしまう
私の心は自分が思ってる以上に単純な作りになっているのだな…
晴れも曇りも代わる代わる周期的にやってくるわけで
不安な日も天気と同じくらいパタパタッと去っていくはず
「その程度のものなんだ」
今でも落ちこむ日はあるけれど
山登りの最中に感じたことを日常とてらしあわせることで少しずつ気分が楽になってきてます
なるほど
異動と山登り——どちらも自分を別の視点から見つめ直すいい機会だったんですね
つづく

第6話　大槻ケンヂの場合

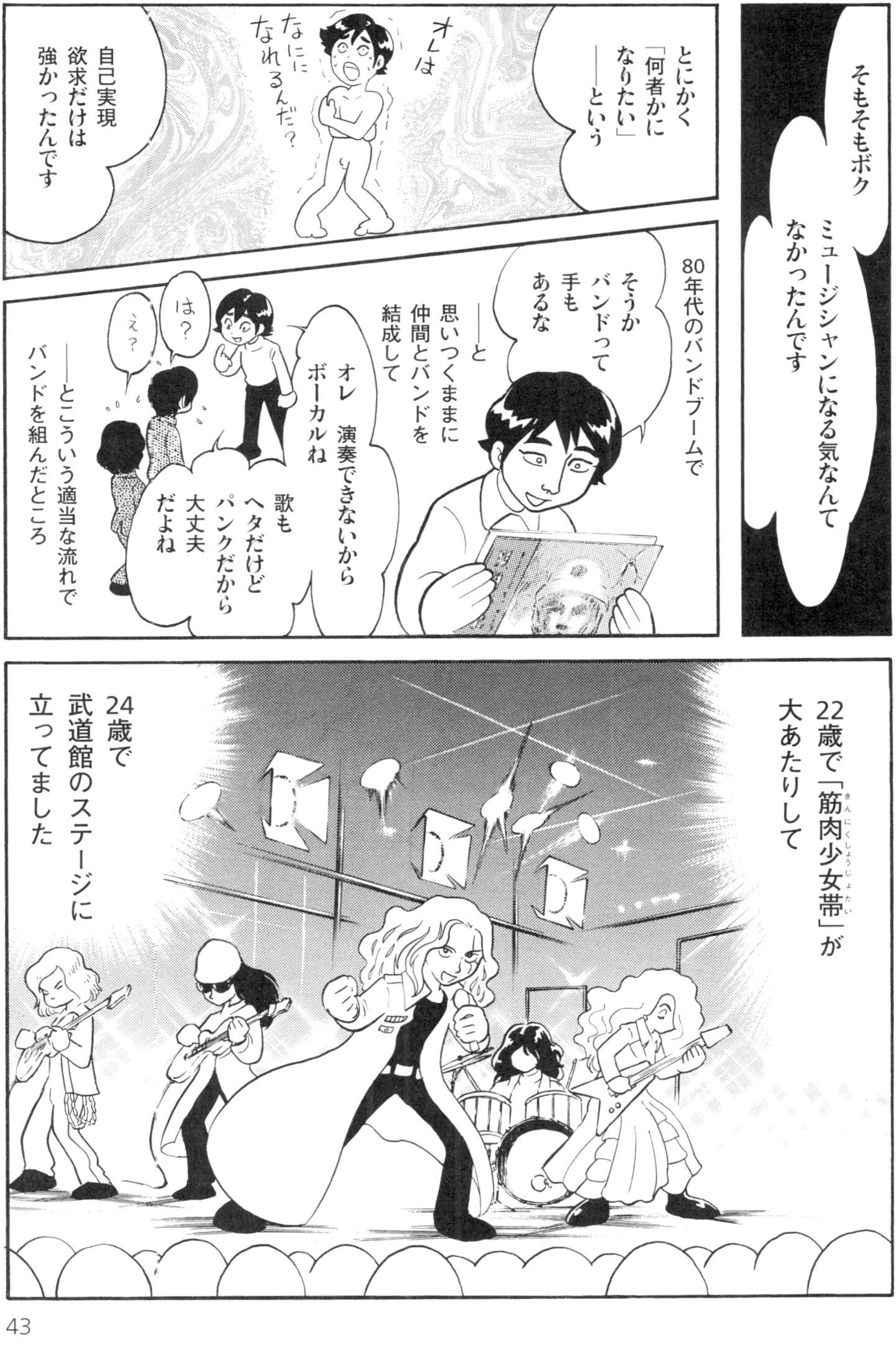

そもそもボク
ミュージシャンになる気なんてなかったんです
とにかく「何者かになりたい」——という
オレはなにになれるんだ？
自己実現欲求だけは強かったんです
80年代のバンドブームで
そうかバンドって手もあるな
——と思いつくままに仲間とバンドを結成して
オレ　演奏できないからボーカルね
は？
え？
歌もヘタだけどパンクだから大丈夫だよね
——とこういう適当な流れでバンドを組んだところ
22歳で「筋肉少女帯《きんにくしょうじょたい》」が大あたりして
24歳で武道館のステージに立ってました

――ということで 今回のゲストは ロック ミュージシャンの 大槻《おおつき》ケンヂさん!!
どーも
いい加減な 動機で バンドを 組んで いきなり 大成功…
なんて チョロい 人生!!
カネコ!! おい
そんな 気楽なもんじゃ ありません 人気 絶頂の 最中《さなか》に あって ボクは 不安で いっぱい でした
なぜ?
もともと ネガティブ思考の人だったので
キャー
キャー
自分の人気が 理解できない
こんな すごい状況が ずっと 続くわけない!!
ダメに なったら どうしよう
恐い 恐い 恐い 恐い
そんな 思いが つもりつもって
とうとう
95年 「阪神淡路《あわじ》 大震災」 「地下鉄 サリン事件」の おこったあの 「不安の年」に
ドドドッ!
あああ あ
あああ
パニック障害 不安神経症
そして 「うつ」
きましたか いつものあれが
きました

それ以外にもいろいろな症状が…
特にやっかいだったのがヒポコンです
ヒポコン？なんですそれ
「ヒポコン」
ヒポコンドリー性基調者
生きることへの執着や死への恐怖が極端に強い性格のひと
この症状!!きっとボクはエイズに違いない！
エイズ予防
ヒポコンが高じて「心気症」になり――
なるほど
自分が不治の病だという妄想にとりつかれる心の病ですね
病状が進むともう「エイズ」という文字を見ただけで恐怖心がわきおこって
えぁぁあああ
エイズの正しい予防法
エイズの感染拡大
さらに進むと
本番入りまーす
エ…エ…エ…
エース清水
大槻ケンヂ
「エ」という文字だけでも「エイズ」を連想してしまい
今思うとまるでギャグですけど
当時はそこまで深刻だったんですね

そうなると仕事もままならないんじゃないですか？
ところが芸能活動は問題なくできたんです
悦子の部屋
ボクにとっては孤独感が一番恐いんですだから
仕事で人と接していると世界とつながっていることを実感できて安心だったんです
そのうちあることに気がつくんです
あること？
「うつ」とは自分の持つエネルギーが心の「闇」に集中することなんだ——と
ならこのエネルギーを他のことにむけよう！
いきなりプラモデルを買いこんできて
延々と作り続けたりしました
それまでプラモなんて作ったことなかったので
すごく楽しくて気がまぎれたんです
ある日仕事で海外へ行かなきゃならなくなり
えっ⁉ 飛行機イヤ‼
恐い‼
恐いよ‼
恐怖心をまぎらわせようと大きなプラモを2つも持って飛行機にのりました
結局 機内では作りませんでしたけどね

それから極真空手もはじめました
格闘なんて無縁の人だったのに
いろいろと挑戦したんですね
スポーツでアドレナリンが出るためか
少し前向きになったり
かと思うと上級者の試合を見て
ドッ
グボッ
これが肝臓《レバー》か!!
肝臓直撃はとても痛い
急に恐くなって足が遠のいたり
いわゆる一進一退――ですよね
ボクのうかない顔を見かねて友人がドライブにつれ出してくれて
思わずナンパしようと声かけて
ふりむいた女の顔をよく見たら――
死んだようになっているボクに…―
そんでな！ええ女を見つけたんや
うちのオカンやってん
ぷっ!!
なんや笑えるやん
なら大丈夫や
あの時はホントうれしかった

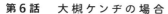

そんな小康状態の中で
ボクはこう考えたんです
今のボクを
苦しめている
「この現象」は
他の人にだって
おこっているはず
そして中には
そこから
「脱出」した人だって
いるにちがいない
その手がかりを
求めて
本を読みあさりました
そして…
そうか
心療内科
——という
所に行けば
いいのか
そこで
抗不安剤と
睡眠導入剤
を処方して
もらい
症状は
落ちついて
きました
その後も
いろいろと
本を
読みあさる
うちに
「あれ」に
出合ったんです
森《もり》田《た》療法
それは仏教の考え方を
とり入れた治療法で
「不安」も「葛藤」も
なくすことはできない
人間生きていく限り　老いも
病気も死もさけられない
だから
「不安」は
あるがままに
すておいて
今
自分が
すべきことを
すればいい

そのうえで
成功しても失敗しても
その人生はまちがいではない
ここでボクは自分を俯瞰《ふかん》する視点を持てるようになって
一気に気が楽になりました
「不安」は消えることなく時々ちょっかいを出してくる困った存在だけど
いっしょに歩くことが可能なヤツだ
――そう思えるようになってきたんです
ねえ 出かけるの？
ねえ…
しゃーねーな 郵便局行くからいっしょにくるか？

ようするに
今　自分の中に
おこっている
「おかしなこと」は
単なる
「現象」に
すぎないんです
脳の機能が
一時的におかしく
なっているだけで
ボクの
「人格」とは
別の話です
――ということで
ボクからのアドバイス
としては
一、心の故障を
治すくらいの
気持ちで
とりあえず医者に行く
心療内科
二、性格も含めて
自分を
変えるよう
行動してみる
三、つらいのは
自分だけじゃない――
克服した人も
いることを
認識して
情報を集める
（ネットより本がいい）
四、時間を経ることが「薬」になる
つらいのは今だけ
時が経てば　そのうち
「いい人生だ」「楽な人生だ」って
思える日は来る
大丈夫
必ず
希望は
ある
つづく

第7話 深海昇の場合

「うつ病」治療のため
1年間休職して
ついに復帰しました!!
会社よ オレは戻ってきたぞーっ!!
仕事はとても楽しくて
ものすごくハイな気分になり…
復帰早々いっしょに仕事した女性を口説いて
彼女にしちゃいました
いいことずくめの日々…
思わず主治医に
仕事が楽しいです
完ぺきに治りました
——と告げたところ
ちがう
ちがう!!
きみへの治療はまちがっていた
きみはちっとも治ってなんかいないよ!!
…えっ!?

あんなにきらっきら元気に働けるようになったのに
治ってないなんて
今回は事情がいささか複雑なんだよ
——ということで今回のゲストは編集者の深海昇《ふかみのぼる》（仮名）さん
どーも
そもそも心を病むきっかけはふたつありましてひとつは「仕事上の大成功から来る不安」です
入社早々ボクはたて続けに「ゲーム攻略本」や「アニメ研究本」の企画を出し
ミリオンセラーの大ヒットとなりました
大ヒット
おお!!すげぇ!!
大成功したのに不安？
どういうことですか
でも——そこで気がつくんです
これは人気ゲームや人気アニメがあっての成功…
作ったのはライターとデザイナー
じゃあ編集のボクはなにをしたというのだ!?

ほめられてもボーナスをもらってても申し訳ない気持ちになるばかり
こんなにボクだけもらっていいのか？
賞与
そして…
次もたのんだよミリオン!!
プレッシャー
これが第1の引き金でした
そして第2の引き金は「女性」ですそのころ長くつきあっていた女性にプロポーズしたところ
あの…そのじつは
じつは私…人妻で12歳の娘がいるの…
えっ!?
ワサッ
「3年もつきあってたのに一度もそんなこと言わなかったよね」
「だって…一度も聞かれなかったし」
「えっ…そんな言い草ってありなの？」
ものすごくショックでした
でしょうね…
つらそうにしているボクを見かねた上司から
心療内科に行ってこい
——と言われて
そこで「重度のうつ」——と診断され
すぐに休職しなさい!!

休職して　彼女とも別れて自宅療養に入りました
ひきこもってしまうと逆効果なのでは？
それがそうでもなかったんです ある日突然自転車で深夜の公園を走りまわったり
わあお!!
友人の女性を口説いてみたり
少しずつ元気になってきたんですね
いえ ちがいます
ボクの病気は「うつ病」じゃなかったんです
それは仕事に復帰したあの日に判明したんです
誤診だった!!
きみは「双極性障害」だったんだ!!
えっ!?
双極性？
はい
「双極性障害Ⅱ型」というやつです
長い「うつ」と短くて軽い「そう」をくり返すのがⅡ型の特徴です
「そう」になると衝動買いをしたり女性を次々と口説いたり――と突発的な行動が目立つようになります
そう状態
←うつ状態

明るくてハイなのに治療が必要なんですか？
「そう」状態は「糸の切れた風船」のようなものなんですよ
例えば一時的に盛り上がって女性を口説いても
気持ちが長続きせずすぐに関係は破綻して別の女性を口説く…
まさにボクは性格的にも双極性障害になりやすかったんです
フラフラ
フラフラ
その日から「双極性障害」の投薬治療がはじまったのですが——
効き目はおもわしくなく次々と薬を変えていくうちに——
次こそ!!
次こそ!!
次こそ!!
いよいよもって気分がダメになってきた時——
上司から
ひょっとして医者が合ってないいんじゃないか？
いっそ変えてみたら？
たしかに…そうかもしれないと思い主治医に話すと
そうか
ボクなりにベストをつくしたけど力およばず——ですね

すまないな…という気持ちもありましたが都内で有名なうつ病治療クリニックを訪ねたところ
う~ん
前の主治医の処方なんですけど
まったくもって
正しいですね
えっ!?
うちで治療を受けるとしても
これと同じことをやるだけです
それどころか前の主治医のように毎週1時間も対応するなんてことは　うちではできない…
つまり
その医師はベストをつくしています
そう言われて心のモヤモヤが晴れました

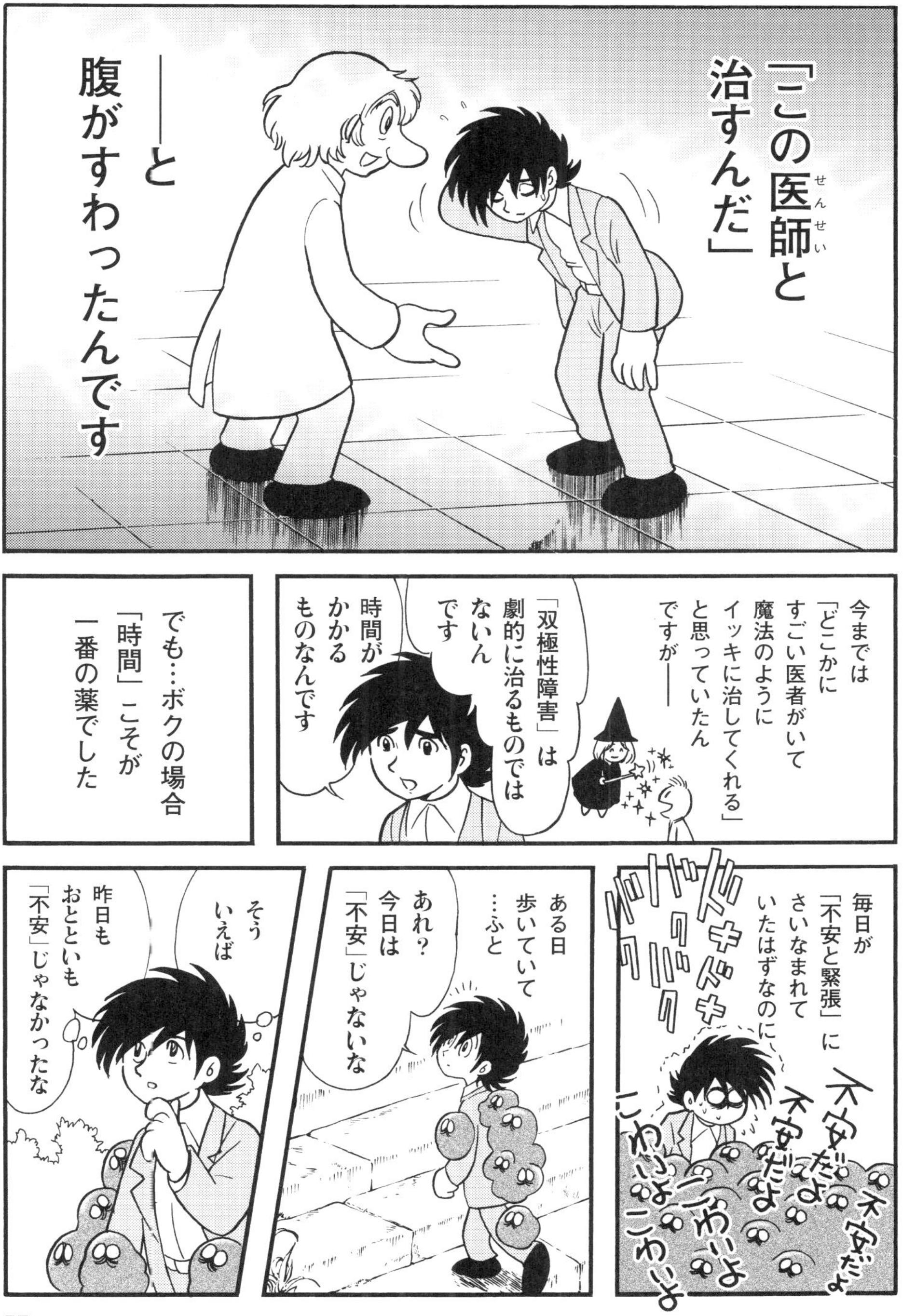
「この医師《せんせい》と治すんだ」
——と腹がすわったんです
今までは「どこかにすごい医者がいて魔法のようにイッキに治してくれる」と思っていたんですが——
「双極性障害」は劇的に治るものではないんです
時間がかかるものなんです
でも…ボクの場合「時間」こそが一番の薬でした
毎日が「不安と緊張」にさいなまれていたはずなのに
ドキドキ
ゾクゾク
不安だよ
不安だよ
こわいよ
不安だよ
こわいよ
こわいよ
ある日歩いていて…ふと
あれ？今日は「不安」じゃないいな
そういえば
昨日もおとといも「不安」じゃなかったな

毎日ほんの少しずつ
治っていくものなので
実感しにくいけど
ある日
ふりむくと
ずいぶんと
よくなってた――
そんな日が
来たんです
最後に
今も苦しんでいる人たちに
伝えたいことが
あります
伝えたい
こと？
医者から
処方される
薬や治療法を
信じて
ほしい
その
治療法は
多くの人を
治してきた――
だからこそ
使われて
いるん
です
治った
その薬が合わずに治らなかった
わずか数パーセントの人が
民間療法や
代替医療に
走るわけです
にもかかわらず
「薬を使わない方が正しい」
――という声の方が大きく
聞こえてきますよね
なるほど
なので
ボクはまず
西洋医学の
力を
信じることを
奨《すす》めたいです
そのおかげで
ボクは寛解《かんかい》して
同時にモテなく
なっちゃいました
けどね
モテない方が幸せ
――ということも
ありますよ

つづく

第8話 戸地湖森奈の場合

はい…
えーっと…
今回のゲストは
元・高校教師の
戸《と》地《じ》湖《こ》森《もり》奈《な》（仮名）
です
15年間…
それも
まだ現在
進行形
このマンガに
登場するのは
「うつトンネルを
抜けた人たち」
では？
どういうこと
ですか？
ふふ
それに
ついては
これから
お話し
します
最初に
赴任した高校は
県内でも屈指の
「厳しい高校」でした
髪型!!
服装!!
成績!!
元来　私は
ルールを押しつけたり
権威を振りかざす
――というのが
大嫌いだったので
茶色い髪と成績は
関係ないですよね？
そんなに厳しく
するのは無意味です
中でも私が納得できなかったのは
この高校に
「留年させない」
という不文律があったことです
当校では
留年する生徒は
1人もいません
成績が悪くても
留年しないなんて
いいことでは？
その学校は
「留年する生徒がいない」
ことを売りにするため
成績の悪い生徒に
退学か転校するように
圧力をかけていたんです
えーーーっ!!

そんなバカなルールで生徒の将来をおかしくされてたまるか！
味方してくれる教師がいない中上とやり合ったのですが…
孤軍奮闘するもむなしく…
何人もの生徒が転校していき私も…
もうこの学校では働きたくありません
異動願
思えばこの時期に心に疲労が溜《た》まっていたんだと思います
そして異動と同時期に始めた演劇サークルで
冒頭のダメ出しジャブですね…
やがて
体が動かない
仕事がはかどらない
私の好きな本マンガ映画ゲーム全部が頭に入ってこなくなり
なに？この不気味な感覚は？
毎日ビールを飲んで前後不覚にならないと寝付けなくなり
そして　とうとう

通勤中
駅のホームで
ひたすら
線路を
見つめる毎日
ああっ!
かなり
ヤバイ水準!!
そして
友人から
最近
おかしいよ
死んだ目を
している
――と
言われ
私になにが
おこってる
の??
精神科へ――
うつ病
ですね
うつ病!?
その時医師が
私の脳内で
何が起こって
いるのか
丁寧に説明してくれて
元気の素(セロトニンなど)が不足した状態でその受け皿も足りなくなっているために「うつ」になっている
正常な人
うつの人
それを補う薬を飲めばいい――と
理屈の通った話をされると
漠然とした自分の状況に
ハッキリした輪郭が
与えられた気がしました
なんなのよ
こいつら
ウツくんです

よかったですね じゃあ投薬で快方に?
それが…
半年ほど薬を飲み続けながら異動先の学校で教壇に立ったのですが…
ほどなく不調に耐えられなくなって
1年半休職することに
やっと精神状態が戻って復職したら
半年後に再発して
そこから1年間の休職
ようやく安定して復職3年間は何事もなかった
…のですが…
またしても不調になり3度目の休職
うわぁ…なかなか抜けられませんね
進めど進めどいっこうに光が見えない
まるで
だまし絵の階段を永久に上っているような気分でした

この暗い場所から出る方法なんてもうないのかもしれない
――という絶望感にやられていると…
医師が
よし
今度という今度は
復帰に向けて万全の準備をしよう!
生活習慣の分析や身体《からだ》のトレーニング、職場をシミュレーションしたグループワークもやりました
そしてカウンセリングを受けていた時・・・あの瞬間がやってきたんです
もっともっと子供のころに記憶をさかのぼってみて
子供のころの記憶?
そこで思い出したんです小学生のころ
まるで裁判のようだったある日の学級会を
それは私が学校にかわいい時計をしてきたことが発端でした
森奈ちゃんはいけないと思います
私も思います!
私も

どんなに言葉を尽くしても
私は誰からも理解してもらえず
こんなことならこれからは他人と距離を取って生きていこう
そう決心しました
そうすることで大人になるまで周囲とのトラブルは少なく過ごせました
あっ！
でも最近こんなトラブルがありましたっけ
ネットゲームで知り合った人が
僕はあなたのためを思って忠告しているんだよ
さも私のことをすべて理解しているかのように言うもんだから
会ったこともない人がどうして私を理解できるわけ？
誰も本当の私なんて理解できるわけないんですよ
なるほど
ところで
森奈さんは
その人のことを理解しようとしたの？
相手に罵声を浴びせつつも
本当はその人に自分を理解して欲しかったんじゃなかったの？
そうそうです…
そこで私はようやく気づくんです

心の中に
あの学級会の日から
箱に閉じこもったままの
私が　まだいたことに――
厳しい校風を
変えようと
孤軍奮闘した
時も
お芝居の
脚本に
ダメ出し
されて
ひとりで
耐えて
いた
時も
本当は
私を理解してくれる
友達が欲しかった
その時
私を囲む
壁にひびが
入って
はるか遠くに
「光」が
見えるのを
確信しました
あれは
間違いなく
出口！
その日から
障害年金の
申請もしました！
県の
自立支援制度も！
医療の自己負担
上限申請も！
障害者手帳
「使える支援制度は
くまなく使って
生き延びたい！」…そう
思えるようになったんです
緩やかに
よくなってきて
最近は
「うつとつきあった
15年間があったから
今の自分がある」
そう
思えるように
なったんです
その言葉
経験者として
すごくよく
わかります！

つづく

第9話 岩波力也・姉原涼子の場合

そうか…
これは
いじめだ!!
全社をあげて
ボクを
いじめに
かかっている!!
あの…
田中さん?
ねぇ
今回は
ゲスト
なし
ですか?
まぁ
ちょっと聞けよ
カネコ
それ
以前に 社内の
田中さんがうつになった
いじめが原因で
――なんて初耳ですよ
ふふ…
これが
今回の
テーマさ
では!
この状況を
180度
逆の視点から
見てみよう!
ガラ
逆の視点?
ガラ

ボクが勤めていたソフト会社は社員の多くがプログラマー――
そもそもプログラムはソースコードを一文字でもまちがうと使いものにならない
どこだ？どこにまちがいが？
だから常に誤字脱字にはきびしい目を持った人たちなのです
なるほど職業柄まちがいにきびしい人が多い――そんな職場だったのですね
一方あのころのボクは
自分に向いていない仕事を心をごまかしてがんばっていました
向いてないし好きな仕事じゃないけど
がんばらないと
そんなことから心が弱っていたボクの書く書類は…
ミスが多くなり
そこにプログラマーたちが
田中さん大丈夫か？
まちがいが多いな～
心配だ
気になる！
ちがうよ
ちがう
ちがう
なるほど！
つまりこれはいじめではなく田中さんの作った被害妄想!!
視点を180度変えることで世界がちがって見えてくるだろ？

今回は
うつの渦中
にある人へ――
視点を変えて
見てみよう！
そうすれば
「本当の
ことがわかる」
――という
テーマで
お送りします
――で
ひとり目の
ゲストは
岩波力也《いわなみりきや》
です
メーカー
で総務を
やってます
5年ほど
「うつトンネル」を
さまよって
いました
その間も
会社を休むことなく
しんどい体に
ムチ打って
仕事をしていたんです
私の部署は
ほとんど私ひとりで
回していましたから
とにかく気力と
責任感だけで
ギリギリのところで
やっていたんですよ
フラフラ
なのに 上司のやつは
言うに
ことかいて
あのさぁ
フラフラ
しながら
仕事するなら
いっそ休んで
くれた方が
気が休まるんだけどなぁ
うわっ!!
きつっ!!
くっ…!!
死ねよ!!
この
クソが!!
――って
思いました

はいはいはい！
じゃあ ここで視点を逆転させましょう
ガラ
ガラ
そう「うつトンネル」を抜けた今だからわかるんです
あの時 上司はギリギリの気力で働いている私を見て
心配——を通りこして怯《おび》えていたんだと思います
あいつ死んだりしないだろうな…
あのさぁ
フラフラしながら仕事するならいっそ休んでくれた方が…
上司が感じた心配と恐怖—— それに私は思いが至らなかった
そして…そのあと上司も心を病んでしまいました
上司の忠告どおり私が休養を取っていたら
そうならなかったでしょうね
かもしれないですね
さて——もうひとりのゲストは
アパレルメーカーで営業部長をやってます
姉原《あねはら》涼子《りょうこ》と申します

「うつトンネル」のまっただなかにいた時
私にとってストレスの原因だったのが部下の判田聖子《はんだせいこ》でした
ツカツカ
わかってます？姉原さん!!
現場はあなたのおかげでこんなに混乱しているんですよ!!
彼女はことあるごとに――
もっと売場を見て下さい!!
私はちがうと思います
ダンッ!
私につっかかってきて
ちゃんと判断して下さいよ!!
私の「うつ」を日に日に重くしてくれました
なぜ？
なぜいちいち私に反発するの？
はいはいはい!!
視点逆転〜〜〜
ガラ
ガラ

やがて彼女は
人事異動で
企画部門へ行き
代わりに
配属された女性が
彼女の親友
だったのです
この人
そして
ある日
その親友から
あれ？
姉原さん
気づいて
なかったん
ですか？
判田聖子
って…
あなたに
ものすごく
憧れて
いたんですよ
え？
彼女って父子家庭
だったから
「母」とか「姉」のような
甘えられる女性が
ほしかったんです
でも
ほら
あの性格でしょ？
つっかかる
ことでしか
甘える方法を
知らないん
ですよ
つまり
あいさつ
代わりに
噛《か》みつく
イヌです
ガブ
ガブ

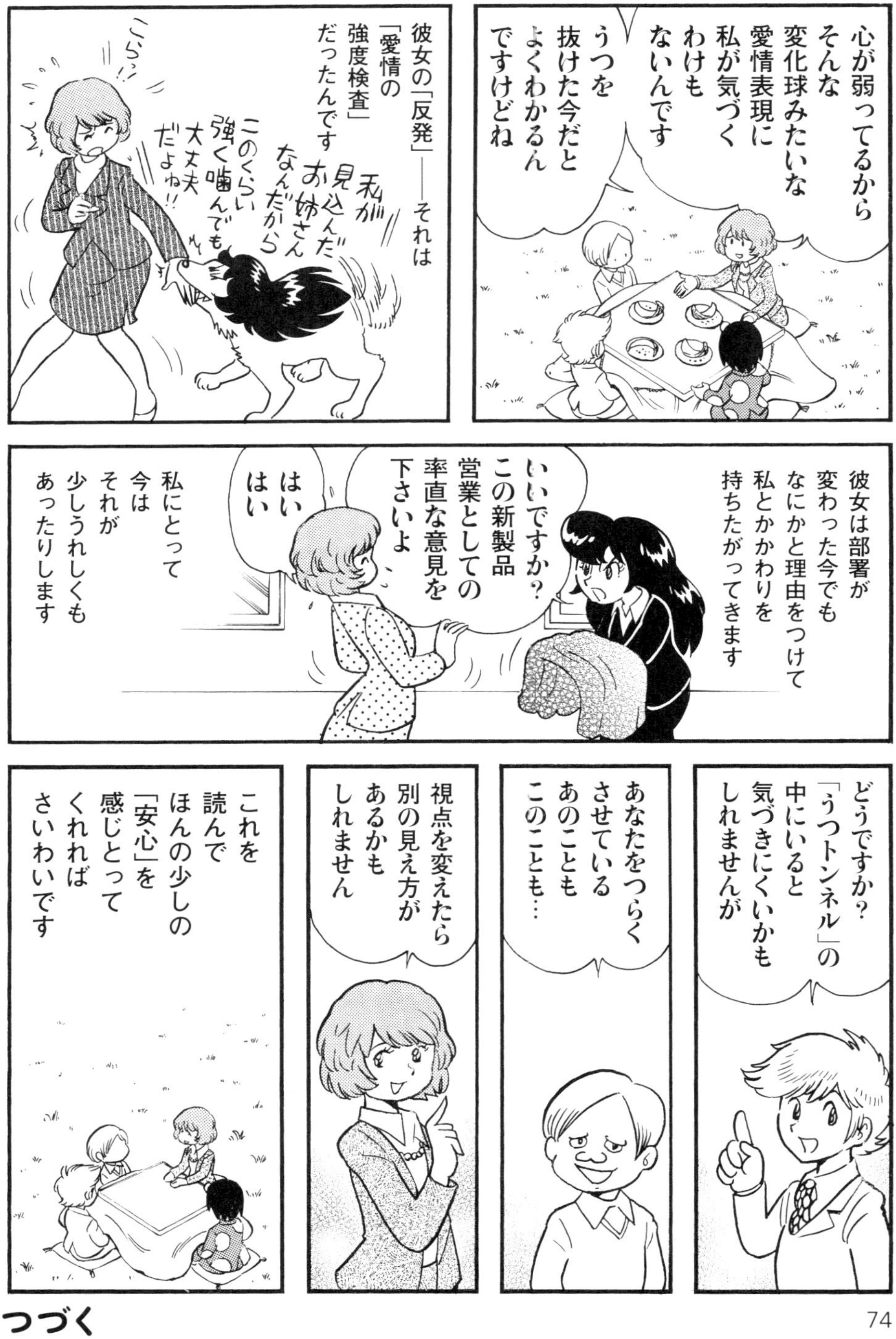
心が弱ってるから
そんな変化球みたいな愛情表現に私が気づくわけもないんです
うつを抜けた今だとよくわかるんですけどね
彼女の「反発」――それは「愛情の強度検査」だったんです
こらっ!!
私が見込んだお姉さんなんだから
このくらい強く噛んでも大丈夫だよね!!
彼女は部署が変わった今でもなにかと理由をつけて私とかかわりを持ちたがってきます
いいですか? この新製品営業としての率直な意見を下さいよ
はい はい
私にとって今はそれが少しうれしくもあったりします
どうですか?「うつトンネル」の中にいると気づきにくいかもしれませんが
あなたをつらくさせているあのこともこのことも…
視点を変えたら別の見え方があるかもしれません
これを読んでほんの少しの「安心」を感じとってくれればさいわいです

つづく

第10話 代々木忠の場合

多重人格？
あの…田中さん！このマンガは「うつヌケ」ですけど…
ああ！そうだよ
でも今回はある人にとって「うつ脱出」のカギとなったのが…
多重人格の女性たちだったんだ
ある人？
今回のゲストAV監督の代々木忠《よよぎただし》さんです
どうも
ええっ!?
代々木監督って…
あのアテナ映像の!? いんらんパフォーマンスの!? ザ・面接シリーズの!? 平成淫女隊の!?
どんだけくわしいんだよ
多重人格者——と聞くと
「心の病」とか「頭のおかしい人」とか思う人もいますけど
彼女たちはそれが必要だったからこそ複数の人格を同じ体にもつことになったんです
必要だった!? 複数の人格が？
彼女たちはみな過去にひどい虐待を受けるなどして大きなトラウマを背負っています

ある人は親から殺されかけたり
ある人は信じていた男性の裏切りにあい集団レイプされたり
うわぁ…
とてつもなく深い傷を負った彼女たちは自分でも気づかない間に
あんなひどい目にあったのは私じゃない
それは別の女の子なのよ
こうやって心の中に別人格を作ってしまう
だから彼女たちの多くは虐待された記憶がすっぽりと抜け落ちているんです
なるほどそうやってイヤな記憶を別人格に背負わせているんですね
7歳で虐待された少女
10歳で殺されかけた少女
15歳でレイプされた少女
心の傷をかかえて生き続けなきゃいけない彼女たちにとって
人格を分けることは
自分への「救済」の手段
なんです
つらい目にあったのは私じゃないの
私は普通の人生を送っている人…
AVの現場で知り合ったのがきっかけになって彼女たちとの交流がはじまりました
そんな中で虐待を受けた幼い人格が表に出たときに
大丈夫
安心して
大人は怖くないよ
少しずつ信頼関係を築いていったんです

彼女たちを田舎の山荘に連れて行くと子供の人格が表に出やすくなって子供同士が仲良くなったりするんです
そうやって幼児期の傷が癒えることで大人の人格も寛解していく——というプロセスを間近で見ることができました
ああ…なんか聞くだけで癒やされる
ちょっと田中さん!「うつヌケ」はどーなったんです?「うつヌケ」!!
それは2003年ごろから始まりました
夕方になってくると背中と胸の中心が痛くなり
そして
息苦しくて
不安で
孤独で
さびしくて
悲しくて
体が重くダルくて気力がすべて失われる——こんな状況が何年も続いたんです
うっ…
ううっ うっ

多重人格の女性たちを救おうとしたり
「愛のあるセックス」をテーマにしたAVを撮る
そんな人生を達観したような代々木監督が
どうしてうつに？
原因ははっきりとは特定できませんでした
それよりも私にとって「うつ」を患う前の方が壮絶な人生でした
3歳で母と死別――
ケンカにあけくれた少年時代
極道になったものの義兄弟との確執から命を狙われる日々
ポルノ映画の監督になりプロデュースした作品が「わいせつ」だとされ長期間におよぶ裁判を学歴や前科で差別されつつ闘わねばならなかった日々
その間　やっと生まれた娘がたった4日の命で死んでしまったり
とんでもなく波乱に満ちた人生ですね
今ふり返ればそうなんですが
実際には苦しさを感じる余裕もないような日々でしたね

その後もさまざまな症状が私を襲います
強烈な吐き気
下痢
全身の激痛
うぅ…
生きているだけでつらい毎日
楽になりたい…解放されたい…
心療内科で薬を処方してもらったけど薬だけでは治りませんでした
そんな日々の中「うつトンネル」脱出のきっかけは
う…
痛い
思わぬ形でおとずれました
痛い…
痛い…
いつもの激痛に苦しんでいる時友人から聞いた話を
十字真言をとなえるといいですよ
アン・ジン
ミー・ピー
ジー・バー
ヤー・フォイアイン
ディィン
試してみたら…なんと!!
本当に痛みがスーッと消えたんです
うわぁ…まさか呪文で痛みが治るなんて
呪文の力もさることながら
自己暗示が大きいですね
催眠の世界を多少心得ていることもありすぐに理解できました
わかった
この痛みや苦しみを生み出すものはボクの心の中にあるんだ…

また別の日
霊感の強いAV女優から
あら？
子供のころの監督が
「さびしい」「さびしい」
――って言ってるよ
こんなことを言われ
ようやく
答えに
たどりつき
ました
多重人格の中の
子供の人格が
癒やされることで
大人の人格も
変わってゆく
これと
同じことを
今度は
自分自身に
やってみよう――
トランス状態に入り
自ら心の奥へ
ダイブしていきました
娘が死んだ時の記憶は
主観的な(自分の視点)
映像として残って
いるのに…
自分が
見た
アングル
3歳のころ
母と死別した記憶は
客観的(他人の視点)
なんです
自分自身を
上から
見下ろす
アングル
そう　私は3歳のころ
心の中に封じ込めた
「悲しみ」をまだ解放して
いなかったんです
悲しかったん
だろ？
さびしかったん
だろ？
もう
泣いて
いいんだよ

お母さんが!!
お母さんが!!
ああああああ!!
こうやって少しずつ
自分の心にたまった「つらさ」を
すくいあげていきました
同じタイミングで始めた
股関節を矯正し
気血の流れを良くする
治療法が
効いたことも
相まって
ああ
めしがうまい
食欲が
戻ってきました
多重人格の人と
関わっていたこと
が「うつヌケ」の
ためのヒントに
なったんですね
彼女たちに
出会わな
ければ
心の奥にたまった
「悲しみ」に気づく
ことはなかったと
思います
最近女房からこんなこと
を言われました
あなた
うつヌケ
してから
笑顔が増えた
わね
以前のあなたは
尖《とが》りまくって
めったに
笑顔なんて
見せなかったもの
うつを
経験した
からこそ
笑顔の人生に
出会えたんですよ
ああ…
心が洗われる
言葉!!

つづく

第11話 宮内悠介の場合

えっ？
「うつトンネルを抜けてない人」がゲストなんですか？
そう！正確にはこういう人
ボクもそうなんだけどうつトンネルを抜けたと思っても頻繁に戻ってしまう人
そういう「ちょいちょいリターンする人」も取材すべきだと思ったんだよ
——ということで今回のゲストは小説家の宮内悠介《みやうちゆうすけ》です
ボクがうつになったトリガーは田中さんのケースと同じです
ボクと同じ？
——ということは…
プログラマーだったボクは2000年に友人たちと音楽ソフトの会社を立ちあげました
メンバーはみんな忙しくも充実していて毎日が抜群に面白くそして根拠のない自信とやる気に満ちていました

なにしろ毎日深夜までがっつり働いたあと
帰宅して新人賞向けの小説を書く毎日でしたから
会社
自宅
おお！すごいやる気
さらにやる気が高じて
働くみんなのためにもっと職場環境をよくしないとな…
そう思って
管理職《マネージャー》を兼任することを志願しました
おお！さらなるやる気!!
でもこれがそもそもの間違いでした
え？なぜ？
そもそもボクはマネージャーなんて向いていない性格だったんです――
「向いてないな…」という気持ちに無理やりフタをしてがんばったがために…
ああ！ボクと同じトリガー!!
向いてないんだってば!!
うつトリガーあるある
不向きな仕事を無理にがんばってしまい心の病を発症させる
弱り目に祟《たた》り目で
リーマンショックの余波もあり一つの取引先に頼らざるを得ない状況が生まれてしまい
取引先
取引先から降ってくる山のような仕事をあくせくとこなすはめに
仕事
仕事
仕事
仕事
仕事
仕事
仕事
そして行きつく先は…

みんなの職場環境をよくしようと志願した管理職のボクが
この膨大な量の仕事はギブアップできない無理してでも終わらせてくれ!!
ああ…本末転倒…
やがて 激務を強いられた仲間たちは次々と倒れていき
その精神的重圧のために…
うぅぅ…
ボクも…
来ましたね いつものあいつら
やがてある日──
えっ!?
字が読めない!! 文字が追えない!!
うつあるある
脳が落ち着きを失い活字が読めなくなる
さらに重度の結膜炎にかかり視界もあやしくなって
自宅から管理職の仕事をやろうとして
バグトラッキングツール
見直し
ソースのコメントに
進捗状況は毎日15:00に報告して下さい
そんなある日とうとう…
体が
全然動かない!!

原因も
わからぬ
謎の症状――
たった
ひとりの
部屋で
恐怖に
押しつぶされそうに
なる中
ぐっ…
ぐ…
かろうじて
動いた手で
ケータイを
取り
もう
プライドも
クソもない
こんな時に
頼れるのは
10年以上、ろくに
会話すら
していなかった
母さん!!
苦しい!!
助けてよ
母さん!!
すぐに
タクシー
使って
帰って
きな
さい!!
そのまま
会社を辞めて
実家に戻り
心療内科へ
通い始めました
30歳になろう
って男が
ママに
頼って
しまった
恥ずかしい
ことじゃ
ないですよ
いや
恥ずかしい
ことです
でもそれが
よかったん
です

すべてのプライド――
心を縛る鎧《よろい》を棄《す》てたことが
この状況を
底打ちさせて
自分の心の病と
向き合うことになったんです
心療内科で
治療を始めて
少しずつ
回復してきて
パソコンに向かって
小説を
書けるように
なってきました
そんな時に
以前書いた小説
「盤上《ばんじょう》の夜《よる》」が
第1回創元SF短編賞
の選考委員特別賞を
受賞してデビュー!!
やった!!
うつ治療の
特効薬は
「自信を取り戻す
エピソード」
ですよね
ホント
そう
です
「盤上の夜」は書籍化され
直木《なおき》賞候補になり
次作『ヨハネスブルグの
天使たち』も
直木賞候補に
なりました
ああ!!
よかった
ボクの時も
そうでしたけど
うつが治ってくる
←仕事がうまくいく
←自分を好きになる
←さらにうつが治る
このスパイラルを
実感できると
ホント
心が軽くなります
よね
そう! 私たちは
「自己愛」を
嫌う傾向が
強いですけれど…

うつヌケの要点は
いかに「健康的なナルシシズムを取り戻すか」だと思います
自己愛は悪いことじゃないんです
それはそれとして
会社の仲間には申し訳ないことをしたと今も思っています
——さて　これで寛解かと言うとじつは時々…
ああボクってダメな人だ…
「突然リターン」ってやつですね
ボクにも起こります
ボクのは日々の気温差がトリガーになります
ボクの場合は大勢の前でプレゼンするようなシチュエーションがダメです
イベントや講演会などに呼ばれて（もちろん、自分なりにこなすんですが…）
終わると3日ほど寝込みます

こればっかりはどうすることもできないけれど
今はイベントのあとは「寝込む」ことを見込んでスケジュールを組むようにしています
15 木
16 金 講演
17 土 寝込む
18 日 寝込む
19 月 寝込む
一度「うつ」を患ってしまうと心に「うつスイッチ」ができて…
「うつ」に戻ったりまた抜けたりということをくり返しやすくなりますよね
——でも…
OFF
ON
このスイッチとうまくつきあっていくことも
「うつヌケ」なんだと思うんですよ
そう
つきあい方はあるんですよ！
じつは今通っている心療内科である日——
あれ？医師《せんせい》
この待合室ピアノが置いてあったんですね
気づきましたかピアノに
それは良くなってきた証拠です
うつの渦中にある人は周囲の物に気を配る余裕がないんですよ
つまりピアノに気づいた人それはトンネルから抜けた人なんだ——
——ということでした
しばらくボクらはこのスイッチとつきあうのでしょうけれど
それもいつか出口があるのかもしれないですね
きっとあります！

つづく

第12話　鴨川良太の場合

未曾有の巨大地震と津波被害
日本じゅうの誰もが不安の渦中にいた
あの日
ボクらはさらに絶望的なあれを見ました
有象無象の情報が錯綜《さくそう》する中ボクは
チェルノブイリを越えてしまった
もう東日本に人は住めない
3年以内に20万人は死ぬだろう
正しい情報を伝えてみんなを導かなければ…
正義のマントを身にまとい科学信奉者の誇りにかけてデマ情報をたたいていました
そのレベルなら人体に影響はない
大丈夫まだ安全だ！
格納容器は無事だ
でもその正義はボク自身のかかえる不安をごまかすためのものでした

今回はあの大震災にまつわる体験談ですか…
なるほど あれがうつのきっかけになった人は大勢いるんでしょうね
だろうね
でも…
今回はその逆
3・11がうつトンネル脱出のきっかけになった人だよ!!
なんと…そんなことがあるんですか
ライターの鴨川良太《かもがわりょうた》です
「うつ」とは言ってもボクは心療内科に行くほどではないんです
医者にかかっていない?
そうなんだよ カネコ
世の中にもっとも多くいるであろう「うつ」を自覚していない人——だから「通院」もしていない
今回はそういう人にもスポットをあてようと思ったんだ
入院する人
通院する人
自覚すらない人
若いころからメンタルが弱く被害妄想が強い性格でした
25歳のころ勤めていた編集部である日
きみの仕事はもうここにはないよ
——と言われて

きみの仕事はもうない
ない ない ない ない
見すてられた…
翌朝
フトンから起き上がれなくなって
そのまま出社拒否
今思うと…
きみは
もう
一本立ち
できるから
独立しろ
――という意味だったのでしょうけれど
被害妄想で悪くうけとってしまいました
さらに5年後
別の会社で
ある日をさかいにボクに仕事がまわってこなくなりました
あれ？
なぜ？
原因はあるウワサでした
ウワサ？
鴨川くんは独立してネットの仕事をするらしいよ
へぇー
そうなんだ
根も葉もないこんなウワサが社内をかけめぐり…
いつの間にか　ボクは退社して独立することにされていたのです
あいつやめちゃうのか…
当時ボクがインターネットに詳しかったのは事実ですが独立なんて考えてもいなかったです
じゃあまったくの誤解だったんですね

そして またしても
ボクは不要な人間なんだ
やめるんだって
やめるんだって
やめろ
やめろ
トイレから出られなくなってしまったんです
とにかく被害妄想が強いからいつもこんな感じでした
ボクも強いんです
なんなんですかね？ あれって…
おそらく心配性の人が将来 予想される不幸を頭の中でシミュレーションしてしまい…
あんなことがおこるかも
こんなこともあるかも
いつの間にかその辛さに耐えられなくなってしまう…
起こってもいない不幸なのにね
さて その後ボクはどうなったかというと
関わりのあった出版社で内紛が起こって
会社は分裂という大騒ぎに
仕事が来なくなりますね！
いえいえ…その逆でした
編集部も分裂したので人手が足りなくなって
きみの力が必要なんだ来てくれ!!

仕事が山のように やって来て 夢中で こなしていると…
あっという間に うつは寛解！
あれが なければ 心療内科の お世話に なっていた かも…
「人から 必要とされる」 ――これは うつヌケの 重要な キーワード ですよね！
うつヌケあるある
周囲の人から 必要とされ その責務を 果たすことで トンネルの出口が 見えてくる
さて！ 話は いよいよ 3月11日 「あの日」の こと
コンビニで ツナサンドを 手に取った 瞬間でした
ガガガガガ
大きい!!
ガガガガガ
揺れが おさまると 家族（女房）が 心配になって バスに 飛び乗りました
不安が充満している 車内でボクは ワンセグで情報を キャッチして 周囲の 人たちに 伝え
正しい 情報共有の 重要性を 実感しました

さいわい家は
本棚が
少し倒れた
程度で
女房はケガも
ありませんでした
大丈夫!!
さっそくパソコンに
むかって
情報収集を
開始！
SNSには
必要な情報が
次々にアップされ
ネットによる集合知の
すごさを思い知りました
そして あの
原発事故
ネットの情報は大混乱！　とりわけ
デマの横行がやっかいでした
子供のいる母親や
科学的
知識の
乏しい
人たちに
いい加減な
デマを振りまいている連中を
なんとかできないかと
それはデマ!!
ウソを信じるな!!
まだ東京は安全だ!!
カタ
カタ
ボクは
火消しに
奔走していました
自分の心に
ふくれあがる不安を
おさえこむように
科学的根拠を
示して
正しいことを言う
オレって
かっこいい!!
そんなふうに
陶酔しないと
なにかが
心の中で
折れそう
でした
気がつくと
2週間も部屋から
出ていません――
そして
心に
たまった
不安が
ピークに
達して
おい…
とうとう女房に…

今までネットでさんざん「安全だ」「逃げなくてもいい」と言ってきたくせに
関西に逃げよう
このバカ!!
今すぐ窓をあけろ!!
立て!!動け!!部屋を掃除しろ!!
私も今から大掃除するから!!

大掃除が終わって家じゅうがきれいになると…
まるで憑《つ》きものが落ちたように気分が晴れやかになったんです
そのあと 久しぶりに外食しようと街へ出ると
節電でうす暗くなにやらノスタルジックな雰囲気が漂っていました
節電…
そうか…みんなそれぞれになんとかのりきろうとがんばっているんだな…
だから私たちもがんばろうよ
うん…
今後同じことが起こっても
のりきれる自信がつきました
よかったですね！
ボクの「うつヌケ」は自分を客観視できる人がそばにいてくれたからなしえたんです
…ありがたい——そう実感しました
なんか…
うらやましいなぁ

つづく

第13話 精神科医・ゆうきゆうの話

なんですか？この突拍子もないイントロは
これはある人からのアドバイスだよ
ある人？
ああ～どうも！　どうも！
ゆうきゆうです！
えっ？
もしかして『マンガで分かる心療内科』の？
はい！原作者で精神科医のゆうきゆうです
今までは患者さんへの取材ばかりだったけど
逆に医師の視点で「うつ病」を語ってもらおうと思ったのさ
医師から見てうつ病になりがちな人ってなにか共通項があるんですか？
はい
「認知が歪《ゆが》んでいる」人が多いですね
認知の歪み？
なんですか？それ…

例えば買ったばかりのパソコンがなぜかクラッシュ
それが二度くり返されたとしたら…
2台目もクラッシュ!?
ボンッ!!
きっとオレはコンピューターとは縁がないデジタルとは向き合わないで生きていこう
——そう思い込んでしまう
あ〜あるある!
クラスのたった数人に嫌われただけなのにクラス全員に嫌われていると思い込んでしまう
私 あの子キライ
私も…
キライ
キライ
キライ
キライ
パソコンはたまたま2台連続で壊れただけで3台4台と壊れるわけじゃないんです
なのに…
いつもいつも悪いことが起こると考えちゃう…
カウンセリングではそういう「思考のクセ」を見つけ出してその「歪み」に気づいてもらうのも目的のひとつなんです
オレはコンピューターには向かない
そういう運命なんだ
その認知は歪んでますよ
たしかに
ボクにもそういう「思考のクセ」があります
これを治すいい方法はないんですか?

物事を高い位置から客観視するクセがつくといいんですよ
そのために日記を書くのが近道ですね
日記？
ただし
漫然と書いてはダメです
客観的事実「なにが起こったか」
準備不足で商談に失敗した
主観的感想「それを自分はどう感じたか」
もう会社にいられないと思った
このふたつを1：1の比率で書くんです
そんなことで改善するんですか？
はい！記録を取ってあとから読み返せば…
客観的事実
準備不足で商談に失敗した
主観的感想
もう会社にいられない
大失態だ…
1ヶ月後
商談に失敗したくらいで会社にいられないなんて
んなことあるかよ1ヶ月前のオレ!!
こんなふうに時間を置くことで悩みがさほど大きなものではないと実感できるんです
なんか　すごくわかる気がします
ところで話は変わりますが
専門医にどーしても聞いておきたかったことがあるんです！

これです!
OFF
ON
トンネルを抜けたはずなのにたびたび戻ってしまうあの「突然リターン」とどうつきあっていけばいいんですか?
OFF
ON
あれ? たしか田中さんは「日々の気温差」がトリガーになることを突き止めて
つきあい方を会得したのでは?
会得はしたけど…
天気予報などで気温差を予見して覚悟はできるものの
来週は来るなあいつら
結局「うつ」が来たら
仕事がとまっちゃうことは変わらないわけで
時間のロスはどうにもできないでしょ?
気持ちはわかりますが「うつ」のせいで仕事の生産性が低下した――という考え方はしない方がいいですよ
それとこのボクにだってアップする時とダウンする時があるんです
気持ちが上がった時にマンガ原作を集中的にやって
ダウンしてきたら…
ダウンしたらボクは創作活動はあえてやめちゃいます
創作をやめちゃうんですか?
はいダウンしてきたら無駄な抵抗はやめて読書することにしています
なるほど　気分にはあえて逆らわない…

そう！
気分が落ちた時
…それは「人生の自習時間」なんだと考えて
自習時間にふさわしい「やるべきこと」を見つけておくんです
そうか…そうですよね！
これなら時間をロスしたとは思わないですもんね
まぁあまり重く考えないことです
じつは再発って若くてエネルギーのある人ほど起こりやすいんですよ
若い人ほど再発する？
逆に言えば加齢とともにエネルギーが低下して症状が落ち着くなんてことはよくあるんです
そうなんですか？

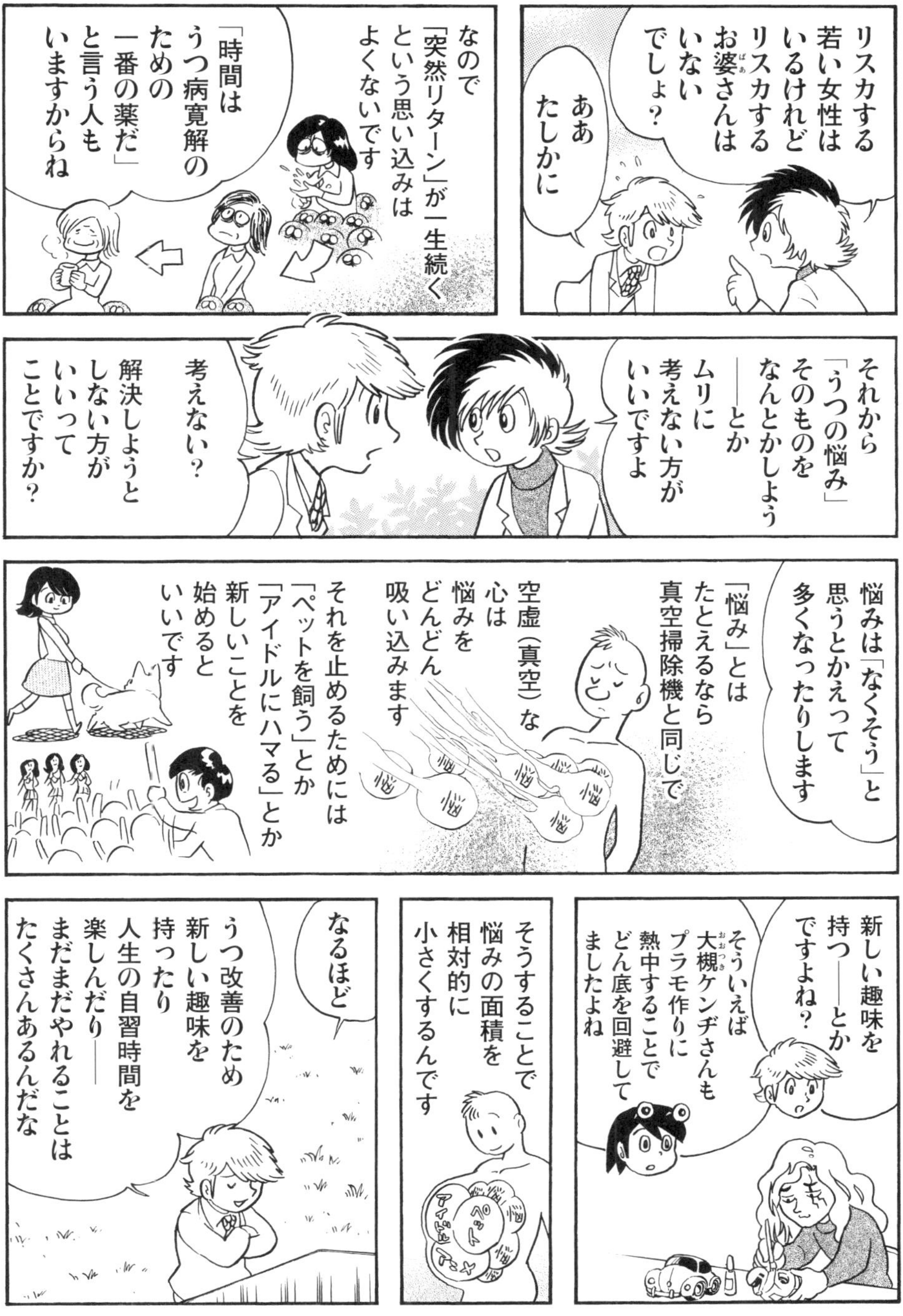

リスカする若い女性はいるけれどリスカするお婆《ばあ》さんはいないでしょ？
ああたしかに
なので「突然リターン」が一生続くという思い込みはよくないです
「時間はうつ病寛解のための一番の薬だ」と言う人もいますからね
それから「うつの悩み」そのものをなんとかしよう——とかムリに考えない方がいいですよ
考えない？
解決しようとしない方がいいってことですか？
悩みは「なくそう」と思うとかえって多くなったりします
「悩み」とはたとえるなら真空掃除機と同じで
空虚（真空）な心は悩みをどんどん吸い込みます
それを止めるためには「ペットを飼う」とか「アイドルにハマる」とか新しいことを始めるといいです
新しい趣味を持つ——とかですよね？
そういえば大槻《おおつき》ケンヂさんもプラモ作りに熱中することでどん底を回避してましたよね
そうすることで悩みの面積を相対的に小さくするんです
なるほど
うつ改善のため新しい趣味を持ったり人生の自習時間を楽しんだりまだまだやれることはたくさんあるんだな

ボクに言わせれば
そもそも田中さんは物事の悪い方ばかりを見つめすぎます
ボクみたいにポジティブな思考回路を持たないと
おまえのは単なる「脳天気」だろうが！
ゆうき先生ネガティブ思考に陥りがちな人ってのは
そういうDNAを持って生まれたわけで…これはどうにもならないですよね？
いいですか？田中さん
よく考えてみてください
物事を悪い方に考える人は危機を回避しやすく生き残る確率が高い！
太古にそうやって生き残った人たちの子孫が私たちなんです
つまり今 私たちがネガティブなのはあたりまえ！
だからネガティブな自分は優秀なのである！…くらいに自分を肯定していいと思うんです
ああそうか！なんか気持ちがスッと軽くなる言葉！
つづく

第14話　ずんずんの場合

ブラック企業で苦しんでいる人にとって重大な情報があるんだ
重大な情報？
社畜体質の人には共通のトラウマがあって…
それは
ガタ ガタ
待って！
それは私が話すから！
わあっ
私はプロの… ぐぁっ!!
つるっ
じたばた じたばた じたばた
プロの外資系OLずんずんです！
なんじゃそりゃ？
外資系OLにプロとかアマとかあるのか？
とにかく私の「うつヌケ」体験談を聞いて！聞いて！
とにかくそこに重大な情報が！

大学を出て入社した 超一流メーカーは 同時に
超一流 ブラック企業でした!!
ブラック
朝は7時から 夜は終電まで 休日出勤も あたりまえ
ものすごい勢いで 人が 辞めていくので
人間って 使い棄ての 部品だなぁ～って 思いました
バブル期は 特に そうでしたよね
どんどん人が いなくなるので
きみを リーダーに する
え——っ!?
入社半年で責任者に——
ああ… すごく やな予感
山のように 降ってくる 仕事
仕事
仕事
仕事
仕事
仕事
仕事
ミスが 増えて 責め られる 日々…
睡眠不足も手伝って ついに
すべて私が いけないんだ! 私がダメだから! 私が——ッ!
きた きた——! いつもの アレが!
文字が 頭に入って こなくなり
ああっ! どうしちゃったの? 私!
そして ついに 心療 内科へ
クリニック!!

一ヶ月会社を休みなさい
医師にそう言われて
なんだ
人間って休んでいいんだ
そりゃそーですよ
会社を長期休んで寛解!!
よし!もう一度働くぞ!!
元気よく外資系企業に再就職!
しかしその会社は
おう!
よし今夜も徹夜だ!
え?
なに?ここ…
徹夜してがんばるのが偉い——という風潮があって
私ってメンタル弱いのかな?
また自分のせいにしてる
そしてあの大震災の日
わぁっ!大きいぞ!
グラグラグラグラ
他の会社の人たちが次々に帰宅する中…
ほれ!
え?
?

よし！今夜も徹夜だ！
マジすか——!?
ありえないよ！そんな会社！
そして再び
ああこの感じ
二度目だわ
しかしまぁどうしてそうブラック企業にとことんつきあうんですか？
根っからの社畜体質なんですよ
求められると過剰にがんばってしまう権威に弱くNoと言えない人…
でもそんな社畜体質の私を作ったのは
私の生い立ちだったんです
生い立ち？
それはシンガポールでメンタルを強くするために受けていた「コーチング」というメソッドで判明したんです
「コーチング」？「カウンセリング」とは違うものですか？
カウンセリングはマイナスをゼロに引き上げるもので
カウンセリング
0《ゼロ》
コーチング
コーチングはゼロからプラスに引き上げるもの
そんな違いだと理解して下さい
なるほど

私が育った家は父がとても厳しいいわゆる「亭主関白」ってやつでした
私は子供ながらに
早く大人になってたくさん働いてお母さんを助けなきゃ
子供のころのこの思いが社畜体質の元になっていたんです
働くわ!
働くわ!
働くわ!
働くわ!
働くわ…
さらに もうひとつ!
「父への恐怖」
これもまた私の社畜体質の根源でした
「父への恐怖」?
それは会社や上司という「権威」に対する恐怖感へとつながって無茶なノルマにもNoと言えない性格を形成してしまうのです
やってくれるだろ?
はは はい…
たいへんなトラウマですね
だからこそコーチングによってそれも乗り越えることを目指したんです…
けれど
お父さんに「私を愛してる?」って聞きなさい
え―――ッ!?

ムリムリ
ムリムリ
ほら
日本人ってほら…
親子が「愛してる」とか
言わない民族だし
ここで私が涙を流したのは
父に否定されたら
どうしよう
——という
恐怖からでした
だけど「お父さんに愛された」という
自信がないから
キミは今も彷徨《さまよ》い続けているんだよ
——そう
言われて
しぶしぶ
父に電話をしました
10年ぶりでした
あ
あの
お父さん
今でも
私を
大切に
思ってくれている？
あたりまえじゃないか

な～んだ
どんな父親もやっぱり娘はかわいいものなのね
お父さん
お父さん
お父さん
私の人生を長い間縛り続けていた「なにか」が氷解した瞬間でした
ずず
これを機会に私もコーチングする側に回ろうと思って勉強を始めたんです！
トンネルを脱出した者が今度は救う側に…
ボクと同じですね!!

つづく

第15話 まついなつきの場合

あの…田中さん？
なんだい？カネコ
ザザザァ…
今回はまたずいぶんとクリスチャン・ラッセンな場所ですね
まあ…その…
今回はとびっきり重い話になりそうだし
ザバシャッ
このくらい明るい土地じゃないとって…
わーっ!!
ビタッ
なんか…前回と登場パターンが似てませんか？
じたばた
ガバッ
はじめまして!!
エッセイストで占い師のまついなつきです!!
おお！『笑う出産』のまついなつきさん!!
とても「うつ」だったとは思えないけど…

うつの発端は31歳の時 婚約者から言われた言葉でした
結婚はするけど
オレ 子供はいらないからな
え!?
結婚して子供を産むのがあたりまえだと思っていた私にとって——それは
人としてすべてを否定されたのと同じでした
母性の強い人にとって
きつい言葉ですよね
ちょうど30歳すぎたころで…
体は子供をつくりたくて悲鳴をあげてた時期でした
子供は持てない
もう時間がないのに…
それからは外を歩いていて子供を見かけるだけで涙が出たり
嘔吐《おうと》したり胃けいれんで動けなくなったり
パニック障害も併発して
心療内科へ

なんでも自分でやろうとしないで
「自分の責任だと思っていること」を減らしなさい
自分の責任を減らす？
心の重しになっているものをすべて外して婚約も解消——
仕事で方々飛び回っていた時…取材に同行していたカメラマンに
子供が欲しけりゃ
オレの子を産めばいいよ
——と言われ
授かり婚!!
おお！夢が叶《かな》った
妊娠と出産がうれしくてわくわくして子供を抱く感触に感動して——このいきさつを書いた『笑う出産』は60万部の大ヒット
うっきぃーっ!! しあわせだぁ!!
次々とエッセイ本の仕事が飛び込んできて稼ぎまくってました
順風満帆じゃないですか！
ところがこの『幸せ』が家族の歯車をおかしくしていったのです

私とは対照的に夫の仕事はゼロになって
部屋にとじこもるようになりました
その時 私は夫が心配なあまり
ねえ どうしたいの?
なにが原因?
どうすれば元気になる?
いやいやいや…それは逆にダンナを追いつめてますよ
男だからよくわかるや
そう…
今にして思うと
絶対やっちゃダメなことでした
ほどなくして
私たちは離婚
こうなったら家事も仕事も3人の子育ても
全部私がひとりでやる!!
——とがんばってはみたものの
完全にキャパオーバーで
やがて…私は
結婚もした——子供もできた——本が売れてお金も入った——
でも…

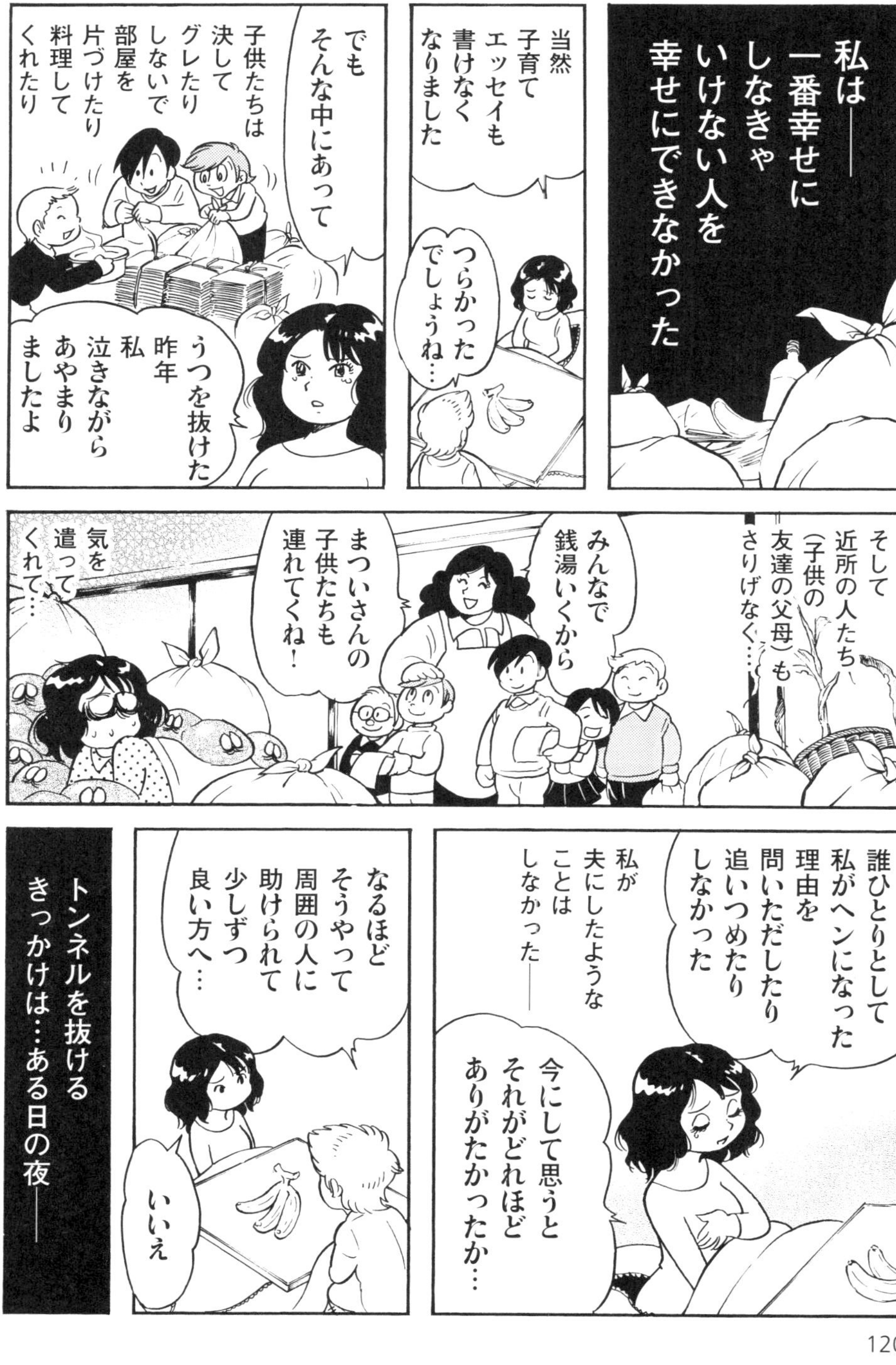
私は――一番幸せにしなきゃいけない人を幸せにできなかった
当然子育てエッセイも書けなくなりました
つらかったでしょうね…
でもそんな中にあって子供たちは決してグレたりしないで部屋を片づけたり料理してくれたり
うつを抜けた昨年私泣きながらあやまりましたよ
そして近所の人たち（子供の友達の父母）もさりげなく…
みんなで銭湯いくから
まついさんの子供たちも連れてくね！
気を遣ってくれて…
誰ひとりとして私がヘンになった理由を問いただしたり追いつめたりしなかった
私が夫にしたようなことはしなかった――
今にして思うとそれがどれほどありがたかったか…
なるほどそうやって周囲の人に助けられて少しずつ良い方へ…
いいえ
トンネルを抜けるきっかけは…ある日の夜――

寝つけなくて
夜が明ける
かという
時間まで
起きていたら
突然
グワン
部屋が
すごい勢いで
回転する
幻覚が…
きっと
このまま
死ぬんだ
もう
死のう
——そう
思った時
ガラッ
おっはよ!!
……
死んでる
場合じゃない
引っ越そう!!
ガバッ
この家を
みんなで
出よう!!

そして　あの医師《せんせい》の言葉を思い出しました
「自分の責任だと思っていること」を減らしなさい
そもそも責任を果たすのが好きな性分だから
かかえきれない量の仕事を受けてしかも〆切りを守れない
家事と子育てもすべてやらなきゃ…と思いこむ
それが私を追いつめていってたんです
そんな「私をうつにする構造」に気づけたので
責任
責任
責任
責任
責任
「責任」を少しずつ小さくして自分を楽にしていったんです
責任
ゴミだらけの家から物を大量に処分して
つらい思い出のある家を出て
3LDK
2LDK
2DK
独立!!
地方の大学へ
生活も責任も徐々にダウンサイジングしました
そして今は
もう一冊だけ子供たちのことを本に書きたい
それができた時
私は完全に抜けられると思うから

つづく

第16話 牛島えっさいの場合

コミックマーケット（通称コミケ）
それは
入場者数50万人を
超える
世界最大規模の
同人誌即売会
同人誌
コスプレイヤー
企業の限定グッズが
勢揃《せいぞろ》いする オタクにとって
至上の祭典
そのコミケ
発展の立役者
米澤嘉博《よねざわよしひろ》さんは
ボクにとって
かけがえのない恩師でした
家族以上に
大きな存在だった
米澤さんが
急逝されたとき
ボクは
大きな
心の支えを
…失ったのです
そして
その日が
うつトンネルの
入り口だったのです

なるほど…
今回はオタクの聖地からお届けですね…
知ってるかい!?
50万もの人を事故なく誘導する…コミケのスタッフってものすごく優秀で…
ド ド ド
世界のどんな軍隊よりも統率が取れているといわれているんだ
にもかかわらず彼らは全員ボランティア
「参加したい!!」という強い意志を持って集まった人たち…
あの…
いいですか？このマンガは「うつヌケ」と言いまして…
ところが
実際ボランティアをまとめるのはすごい苦労があるんです
カパッ
わあっ
わかってるよ！
でも 彼らの「やる気」こそイベントのエネルギーで…
はじめまして
元コミックマーケット準備会（主催組織）の牛島《うしじま》えっさいです

ボランティアゆえに
彼らは
いい仕事をしても
報酬もないし――
ミスをしても
罰もない
その彼らの
「やる気」を
削《そ》がないように
まとめるのが
部署責任者の
ボクの仕事でした
また
「やる気」は
あっても
能力の
低い人に
なんらかの
仕事を
与えなきゃならない――
なるほど
罰を与えたり
報酬を出したりした方
が簡単ですよね
そう
です
上からの
指示を受け
ボランティアを
まとめあげていく…
中間管理職の
ようなものです
プレッシャー
それでもボクが
がんばってこられたのは
米澤嘉博さんという
コミケ代表の
弟子であるとの
自負が
あったからでした
パダワン…
もともと能力が低かったボクを
引き上げてくれたのが米澤さん
今度はボクが
彼らを引き上げる
番だ　と思って
がんばってました
おおっ!!
そこまでの
責任感で
仕事を!!

コミケは
同人誌即売会
なのに
ある年から
一般企業を
誘致することに
なったんです
有力な収入源として
期待されていた
企業ブース
限られた
イベント
スペースの
取り合いに
なって
ボクたち
更衣室担当は
窮地に
立たされました
企業ブース担当
更衣室担当
そんなとき
コスプレの重要性を理解し
育てることを
容認してくれたのも
米澤さんでした
それもあって
コスプレも
コミケの柱として
育っていき
ました――
そんな矢先…
大きな心の支えを失い…
その喪失感から
日常生活も
ままならなく
なりました
それから
不安感――
恐怖感――
さらには
幻聴まで
聞こえる
ようになって
コミケ準備会を
去ることにしま
した
イッキに
きちゃいました
ね…

大好きだったオタク趣味
それが高じてコミケ準備会に入ったのに恩師と仕事を失い
失意のドン底
会社が経営していたお店の閉店――
その残務処理をやる中で
無意識に
本当に無意識に
首を吊《つ》っていました
店員が見つけてくれて
一命はとりとめましたが
本当に危なかった
その後通院とカウンセリングで徐々に快復していき
よかったようやくトンネル脱出ですね
いいえ
ここからが第2トンネルの入口です
えええええ!!
キャ――ッ!!
もうやめて!!

病状が良くなり気分が持ちなおして
コスプレイベントの会社を設立したのですが…
うまくいかず借金まみれに…
再び「うつ」に逆戻り
病み上がり早々会社をつくるなんてムチャですよ
ご指摘の通り
あとになってボクは「双極性障害」だと判明します
だからハイになったんだ…
このとき「うつ」以上に深刻だったのは
借金でした
ここまでいっさい家族にだまっていたのですが もうそれも限界でした
借金の取り立ては配偶者たる妻にも降りかかることです
すべてを打ち明け妻とは形式的に離婚——
離婚届
愛しているのに離婚——つらい決断ですよね
その後返済のため建設業や警備の仕事をしたのですが
気持ちが落ちて長続きしませんでした
こんな状況ではうつトンネルの出口なんて見えなかったでしょうね

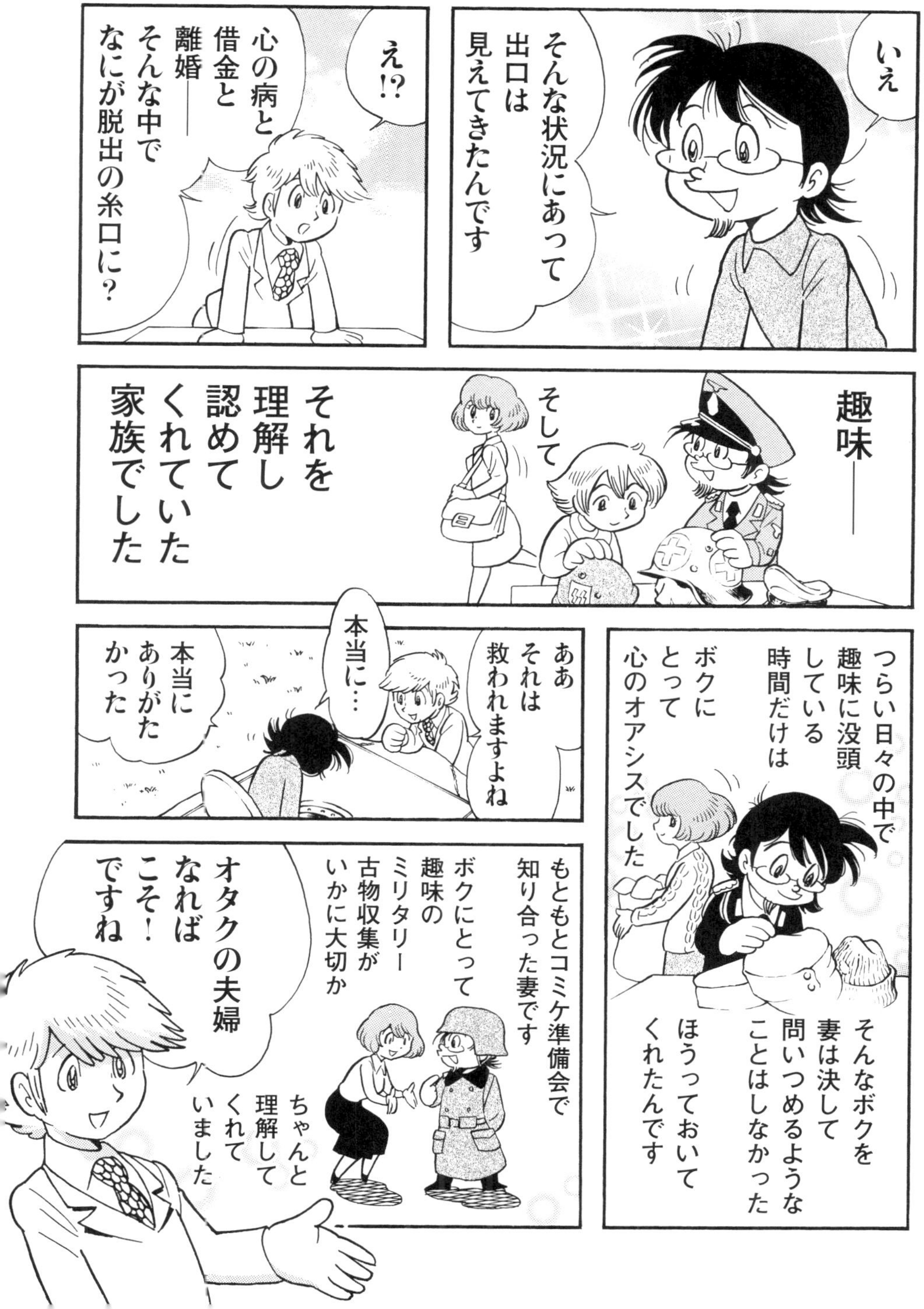
いえ
そんな状況にあって出口は見えてきたんです
え!?
心の病と借金と離婚―― そんな中でなにが脱出の糸口に?
趣味――
そして
それを理解し認めてくれていた家族でした
つらい日々の中で趣味に没頭している時間だけはボクにとって心のオアシスでした
そんなボクを妻は決して問いつめるようなことはしなかった
ほうっておいてくれたんです
ああ それは救われますよね
本当に…
本当にありがたかった
もともとコミケ準備会で知り合った妻です
ボクにとって趣味のミリタリー古物収集がいかに大切か
ちゃんと理解してくれていました
オタクの夫婦なればこそ!ですね

そして息子は――
ボクと同じ
ミリタリーグッズの
趣味を継いで
くれたんです
親子で
同じ
趣味なんて
いいですね
もっとも
身近にいる
息子と
同じ
趣味を
持ち
語り合う
中で…
気づいたことが
ありました
趣味には
強制も
責任も
プレッシャーも
ない
息子といえども
上下関係はなく
対等な仲間――
その
ゆったりした
空気が
「癒やし」
となって…
ボクを徐々に
トンネルから
出してくれました
不安が来ても
いいようにと
お守りとして
持っていた薬も
気がつくと
飲まない
日が多くなって
いったんです
よかった!
今は心から
こう思ってます
米澤さんの
弟子でよかった
コミケ準備会に
関われてよかった
理解ある妻が
いてくれてよかった
趣味を分かち合える
息子がいてよかった
そしてボクは
オタクで
本当によかった

つづく

第17話 熊谷達也の場合

――なるほど「うつ」って複雑で難解ですね
たしかにでもね…――
何人も取材してうつについていくつかの「法則」があるような気がしてきたんだ
うつになりやすい人あるある
・生真面目
・気が小さいが前向き
・責任感強し
うつトンネルの入口あるある
・自分がすべて悪いと思い込む
・自信を失う
・自分が嫌いになる
私がすべて悪いの!!
うつトンネルの出口あるある
・周囲から「自分が必要とされている」ことを感じる
きみが必要だ
うつ脱出あるある
・過去のつらさをのりこえ自分を肯定できる
お母さん!! お母さん!!
――ということで今回のゲストは
小説家の熊谷達也《くまがいたつや》です
そう 今回のテーマは
自覚のない「ステルスうつ」について
ステルス?
正直なところ
ボクが「うつ」だったのか…
自信はないんです
子供のころ両親が不仲でケンカばかりして
その時からすでに心にストレスがたまっていたのかもしれません

大学を出て埼玉《さいたま》の中学校で教職に就きました
仕事好きで他の教師の倍くらい働いていました
なるほど―― ・仕事好き ・まじめ ・がんばる人…と
不良生徒の多い学校でもあり対応に走り回ることもしばしば
うわ…それはきつい仕事ですね
いえ…
そうでもなく楽しんでやれてました…
待てよ――
言われてみれば
あのころ通勤の車の中で
ちくしょー!! ちくしょー!! ちくしょー!!
学校に行きたくない気持ちをうち消していた日もありました
やっぱり気持ちをおさえこんでいたんですね
おさえこむ――か…
たしかにたまっていくストレスがあって
もっともっとやるぞー!!
それにフタをしていたのかもしれないですね
気力と体力の限界だってば～っ!!
まさに「うつになりやすい人 あるある」ですよ!!

その後
宮城県気仙沼市《みやぎけせんぬま》の中学校に赴任して陸上部の顧問をしたり登山旅行をしたりして
生徒との交流が増えました——
埼玉とは一転多くの生徒に慕われ楽しい日々であると同時に仕事量はさらに倍増…
いや…もう気力も体力も限界を超えてませんか？
やるぞ!!
そしてここで知り合った同僚の女性と結婚
それを機にのどかな田舎の中学校に異動——
翌年の冬休み明けの朝
突然
ふとんから起きられなくなり学校を休みました
ああ…ついに
なぜ そのタイミングで？
転勤で気が抜けて30年分の疲れが出たんでしょうね…
ボクにもそういう傾向がありますけど
脳と心と体は不可分なのにそれに気づかないで突き進むと…やがてポッキリ…
まだまだ色々やるぞ!!
心
身体
もう限界超えてますよ〜
ムリだってば!!

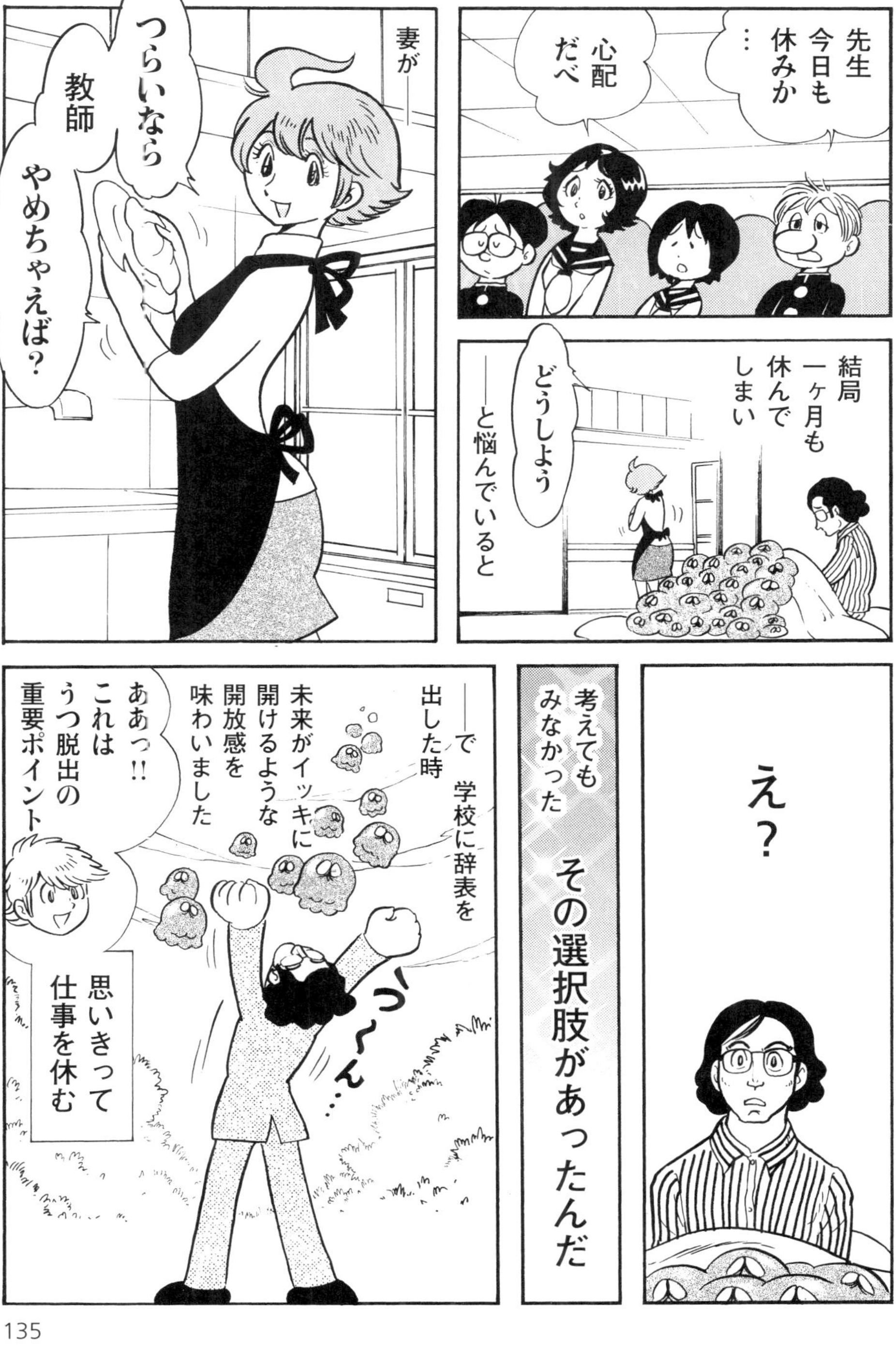
先生
今日も
休みか
…
心配
だべ
結局
一ヶ月も
休んで
しまい
どうしよう
――と悩んでいると
妻が――
つらいなら
教師
やめちゃえば？
え？
考えても
みなかった
その選択肢があったんだ
――で　学校に辞表を
出した時
未来がイッキに
開けるような
開放感を
味わいました
う〜ん…
ああっ!!
これは
うつ脱出の
重要ポイント
思いきって
仕事を休む

熊谷さんは運がよかったんですよ
運がよかった？
うつトンネルに向かって突進していたような状況に奥さんが
やめちゃえば？
コキン
ポイントを切りかえてくれたんですから
なるほど
その後他の仕事をやりつつ合間に書いた小説『ウエンカムイの爪』で作家デビュー
2004年の『邂逅《かいこう》の森』で直木賞受賞
おお!!
順風満帆
——だったんですが…ほどなくして次の谷間がやってきました
谷間？
東日本大震災
ここから目をそむけないでしっかりと現実を見つめよう——そんな思いから
この状況にいるエンタメ作家はボクだけだ…
ここからなにかを書き上げないと
被災地を舞台にした「仙河海《せんがうみ》シリーズ」に取りかかりました

とにかく
書いて　書いて
10年間で
全20作の
シリーズにする
ああ…
生真面目で
心配
書いて
タカ
タカタカ
書いて
タカタカ
書い
て…
タカ
タ－カ
5年で
8冊出した
あたりで
震災から5年…
被災地の人たちは
あのころを
思い出したく
ないし——
東北以外の
人たちは
震災を
忘れつつある
いったいボクは
なんのために
書いている？
誰が
この作品を
待っていると
いうんだ!?
ああ…
「うつ入口あるある」
過労や疲労で
自信を失い
自分を責める——だ

で…どうなったんですか？その気持ちは
じつは…
小説の舞台である仙河海——そのモデルとして選んだ気仙沼に足しげくかよって
かつての教え子や友人たちと接するうちに…
先生!!次のはいつ出るの？
仙河海シリーズ楽しみにしてるべ!!
そうか…誰のためでもない
ここで待ってる人たちのために書いていこう
——そう思うと気分が楽になりました
うつトンネル脱出あるある
自分が必要とされていることを実感して自分を肯定できるようになる
熊谷さん　今後は自覚なくがんばり続けるのはひかえた方が…
そうですね…でも性格が性格だけに
自分を正しく知ることはうつ防止になるかもしれません

つづく

第18話 内田樹の場合

※著者個人の経験に基づく効果で、医療的な保証のあるものではありません。
※症状がひどくなったり、身体に違和感をおぼえられたりした場合は専門医の判断を仰ぐことをおすすめします。

…ほう「深呼吸」で一時的に突然リターンから抜け出られるのですね
でも今回のポイントは「呼吸」じゃないんだよカネコ
ちがうんですか？
ということで今回のゲストはフランス哲学研究者の内田《うちだ》 樹《たつる》です
はじめてうつトンネルに迷い込んだのは1992年
39歳で離婚――
幼い娘を連れて
女子大の専任教員として東京から神戸に引っ越しました
娘とのふたり暮らしはじめての女子大教員――そして慣れない家事――
これはすごいストレスだったのでは？
そうでした――
でも…
周囲の手助けもあってだんだん うまく回りはじめてきました

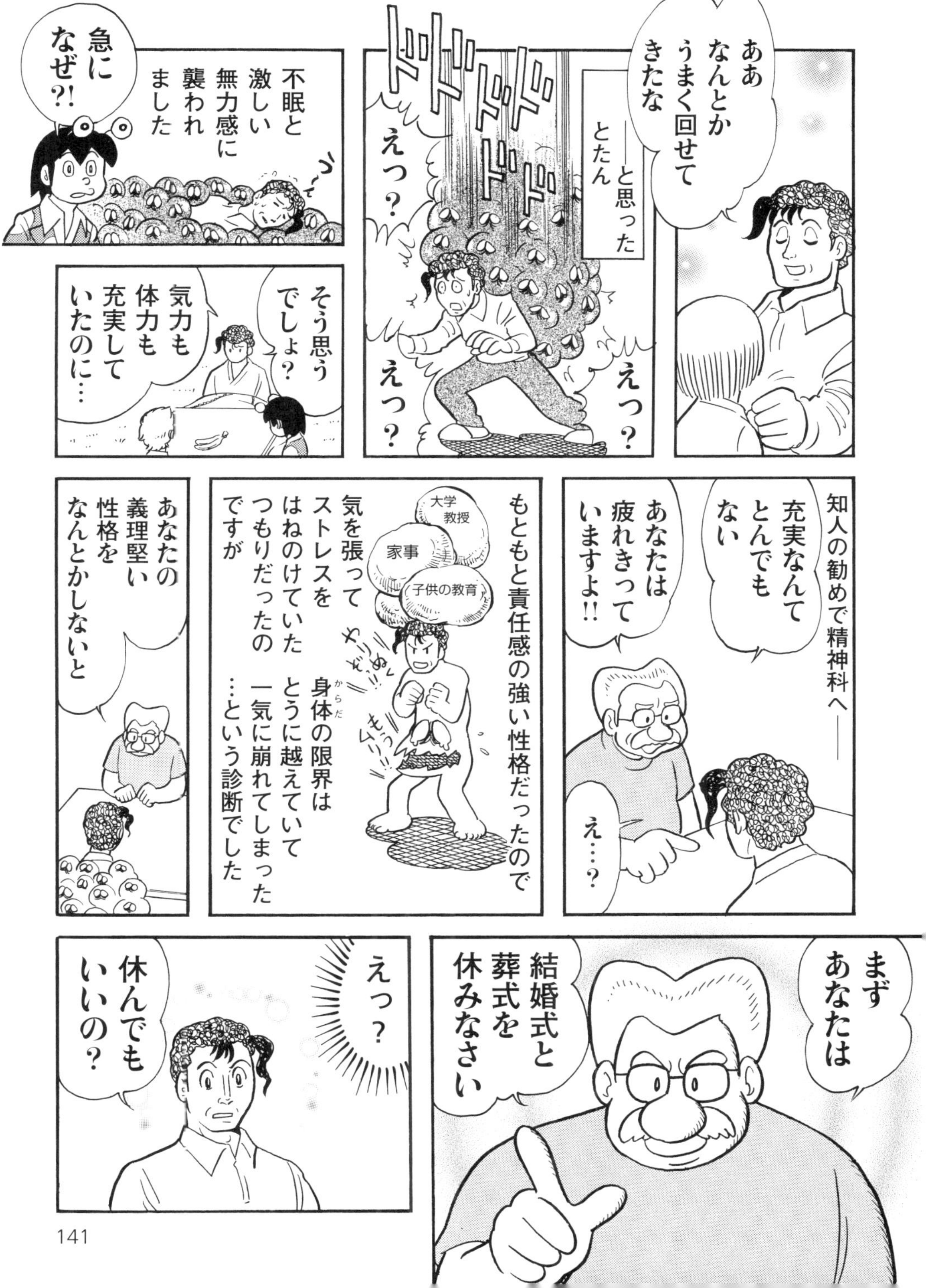
ああ なんとか うまく回せて きたな
——と思った とたん
ドドドドドドドド
えっ？
えっ？
えっ？
急に なぜ?!
不眠と 激しい 無力感に 襲われ ました
そう思う でしょ？
気力も 体力も 充実して いたのに…
知人の勧めで精神科へ——
充実なんて とんでも ない
あなたは 疲れきって いますよ!!
え…？
もともと責任感の強い性格だったので
大学教授
家事
子供の教育
気を張って ストレスを はねのけていた つもりだったの ですが
身体《からだ》の限界は とうに越えていて 一気に崩れてしまった …という診断でした
あなたの 義理堅い 性格を なんとかしないと
まず あなたは
結婚式と 葬式を 休みなさい
えっ？
休んでも いいの？

本来 冠婚葬祭は 這《は》ってでも 行くものだと 思っていたのに
休んでいい…
そんな発想はなかった
それを聞いた時
呪縛を解かれたような晴れやかな気分になって 程なく寛解しました
おおっ！よかった
しかし これで終わりじゃなかったんです
ドガガガガガガ
95年の阪神淡路大震災
家は半壊
私たちは近くの体育館で寝泊まりすることになりました
職場である大学も大きな被害を受けて 私は――
グォォオオ
やるぞ大学の復旧!!
朝は子供を学校まで送り
昼間は大学の修理
夜は家事と子供の世話
ああ…ちょっと心配

震災の時　家具が倒れて
怪我《けが》もしたし
娘は思春期でデリケートな時期――
たいへんではあったけど
なんとか危機をのりきった
――はずでしたが…
半壊したマンションが住めるようになり
半年ぶりに家に戻って片付けをはじめて
震災当日のままの状態
それが一段落したところで…
ドン
ダメ…
ドンドン
ダメ…
オレはもうダメだ!!
ドンドンドン
うわぁっ!!きたッ!!
震災時の大音響がフラッシュバックしてちょっとした音にも大きな恐怖を感じ
ビクッ
またしても眠れない日々
無理に眠ろうとして服用したハルシオン※の副作用による記憶の混濁
あれ？私今なに言いましたっけ？

※睡眠導入剤

さらに襲い来る激しい自己否定の感情
ダメだ ダメだ…
私はもう ダメだ…
ダメだ ダメだ
ああ…つらそう
でも　そんなつらい時期にも自分を好きでいられる楽しい時間もあったんです
えっ？うつトンネルのド真ん中なのに？
それは合気道をやっている時です
合気道？
私の持論ですが「うつ」は脳内物質のバランスが狂ってその「狂い」に身体がつきあわされている状態だと思うんです
そうなった時は身体から脳に働きかけて正しいバランスに戻すべきなんです
よし よし
グイ
じつは合気道ってこれと同じことをやる武道です
え？どういうことですか？

合気道は勝ち負けも試合もない
「争わない武道」なんです
※これは試合ではなくて演武
他のスポーツの場合「勝ち負け」が基本になるため
今度の大会では絶対に勝たなきゃ
グイ
休ませてくれよ～
脳が身体を支配して負荷をかける
うつと同じ構図です
オレはダメだ
ダメだ
ダメだ
ああッ!本当だ!
合気道では身体をモニタリングして「どう動きたいのか?」身体の声を聞くんです
こう動きたい
そうですか
脳を休ませ　身体に主導権を移すことで
私はいち早く心の健康を取り戻し
2年でうつトンネルから出てこられました
信じられませんね
身体に「どう動きたいのか」聞くなんて
そもそも身体は脳の命令で動くものでしょ?
ちがうよカネコ
身体が声を発するのはよくあることさ
気分がいい時人は鼻歌を歌うけど
あれは脳が「あの歌を歌おう」とか「音程をしっかりとろう」なんて考えたりしないだろ?
つまり
身体が「歌いたい」と言っているわけさ

「ムリくり深呼吸」も同じ理屈じゃないのかな？
横隔膜をリラックスさせることで
ダル〜ン
脳がリラックスしていく…
そうです　脳と身体は　主従関係にあるんじゃなくて
同格なんですよ
「脳を休ませて身体の声を聞く」
NNN
これってうつトンネル早期脱出のヒントになるかもしれないですね
…ん？なにやってんの？カネコ
身体の声を聞いています
ほう…早く帰ってネコをもふもふしたい——と…
帰れ!!

つづく

第19話　一色伸幸の場合

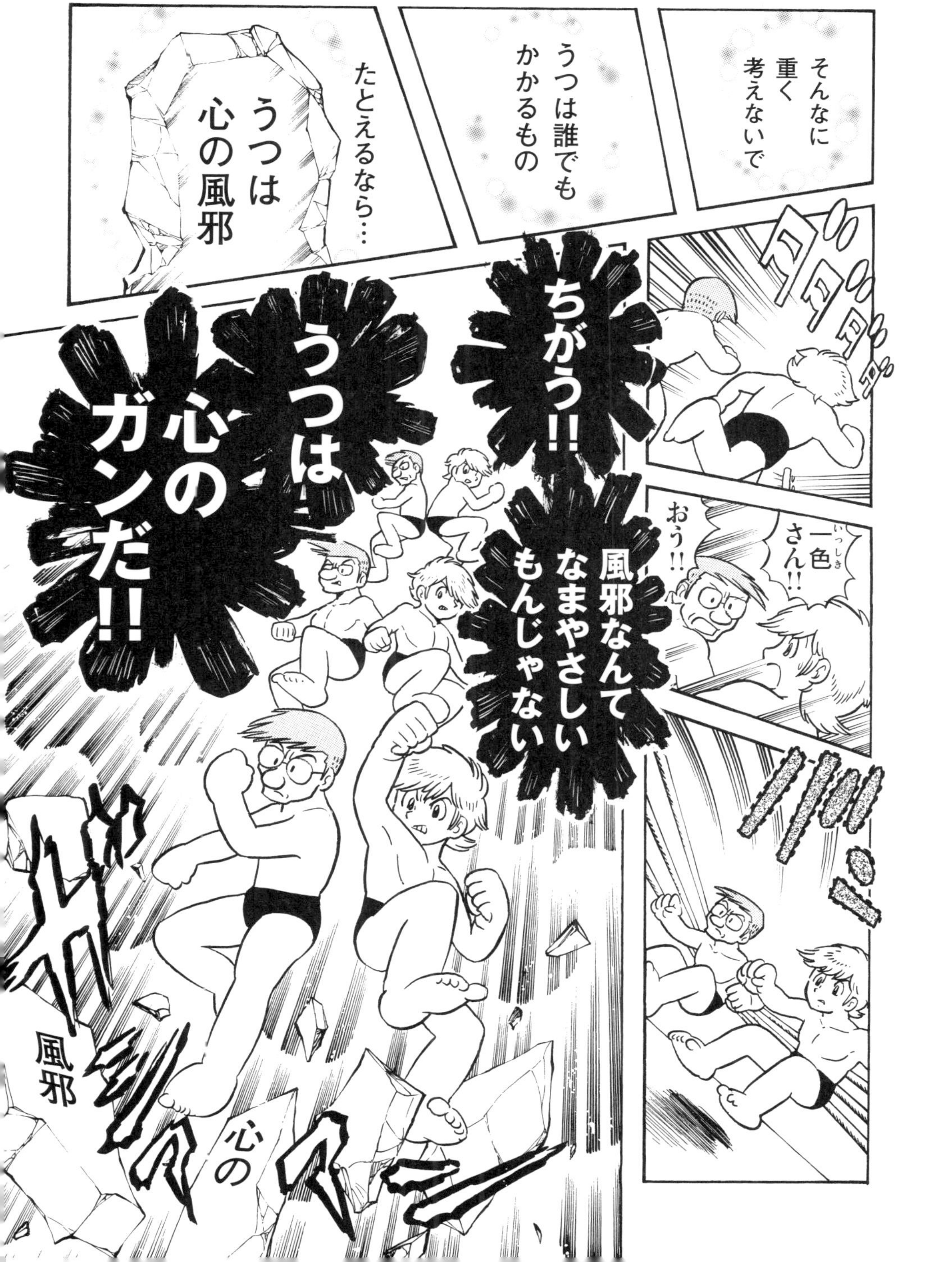

――というわけでいっしょにドロップキックしてくれた今回のゲストは
脚本家の一色伸幸《のぶゆき》です
え？もしかして
「私をスキーに連れてって」「僕らはみんな生きている」の
あの一色伸幸さん!?
ええ…
映画やドラマでも有名だけど
2007年に出版された体験手記『うつから帰って参りました』がボクにとっては衝撃だった
うっから帰って参りました
一色伸幸
うつから帰った？
はい1994年から2年間うつトンネルをさまよって脱出した手記です
「元祖うつヌケ」!?
94～95年の話です
なんの前ぶれもなくある日風景から色が消えました
仕事も家庭も経済面もなに不自由なく
うつになる要因なんてなにひとつなかったのに
――です

妻に つきそわれて 精神科へ 行き
うつ病です
——と 診断されて
少し 安心 しました
病名がわかったし 薬を飲めば治るんだ
ところが… 現実は あまくは なかったのです
日に日に 病状が 重くなって トンネルの 出口を さがす中で…
なんとか しなきゃ
なんとか…
そうだ 昔 行って 楽しかった パリ——
パリに 行けば きっと
風景の色が よみがえってくるはず ——そう思ってフランスへ…
国際線
でも そのパリの ホテルで ボクは一週間
一歩も外へ 出られな かったんです
それは 重症だ

帰国してからは　もう「治そう」とは思わなくなりました
自殺する気力すらない
寝てばかりのベッドの中で
ただただ思うことは「死にたい」ではなく
消えて なくなりたい
——で…そんな状態からどうやって抜けたんですか？
それが…
特になにもないまま
2年間寝ていたら自然に治ってきました
え？
自由業だったので仕事もせず時間が過ぎるまま身をゆだねていたのがよかったんだと思います
2年かけて少しずつ風景に色が戻ってきて
気力も感情も戻ってきました

よかった
よかないですよ
一色さんは自由業だからゆっくり休む時間が取れるけど
サラリーマンはそんな時間取れませんよ
いやサラリーマンだって仕事を休んででも治すための時間を作るべきなんだよ
うつは心のガンだ
そう…冒頭のことばを思い出して下さい
ぎゃあああーっ!!
うつは　ほうっておくと死に至る病です
「自殺」とは心のガンの症状のひとつでそれによる死は「その人の心の寿命だった」——と考えるべきなんです

そう考えないと
残された家族や
周囲の人が
命を救えなかったことで
自分を責めるから
私が…
もっと気づいて
あげられたら…
ちがう!!
あなたたちの
責任じゃない!!
そうか…
ボクが
この手記を
書いたのは
今うつ病に苦しむ
家族のためなんです
家族に「うつの正体」を
知ってほしかったんです
うつが
風邪のような
ものだと
認識されて
しまうと
風邪で休む？
ふざけるな!!
はってでも
出てこい!!
でも
ガンならば
なに
やってんだ!?
すぐに
入院
しろ!!
ね？
「ガン」だと
思えば
会社は休むのが
普通だし
死んでも
周囲のせい
じゃない
――
ですね

――さて　トンネルを抜けたボクは　それでもしばらく再発に怯《おび》えていました
なので　体験手記を書いたのは寛解してから　じつに10年後なんです
それから心が正常に戻るにつれ仕事(脚本や小説)にも変化が表れてきました
変化?
2004年放送の「彼女が死んじゃった。」では
自殺した女性をめぐって残された人たちの思いを描き「死んでしまっては意味がない」――という結論に至りましたけど…
まだ　このころは自殺した人の内面を描くのはムリでした
2008年に書いた小説『配達されたい私たち』でようやく　うつ病の主人公を描いて彼が生きる意味を見つけていく――という物語にすることができました
なるほど
段々とうつを客観視できるようになっていったんですね
そうです

時間が薬ですよね――
じつは先日 こんな笑えるエピソードがありまして…
ちょっとした手術を受けることになり全身麻酔で意識が遠のいていくなか…
ああ
なんかこのまま死んでいってもいいかも…
なんて思いが頭をよぎると…
心の中のもうひとりの自分が
おい！
おまえ まだ治ってないんじゃないの？
つっこんできて
なんか無性におかしくて
笑いながら意識が遠のいていきました
うつはまだ自分の心の中に眠っているのかもしれない…
でも そんなうつをボクは客観視できてますし
そして今
空はあざやかな青に見えています

つづく

第20話 総まとめ

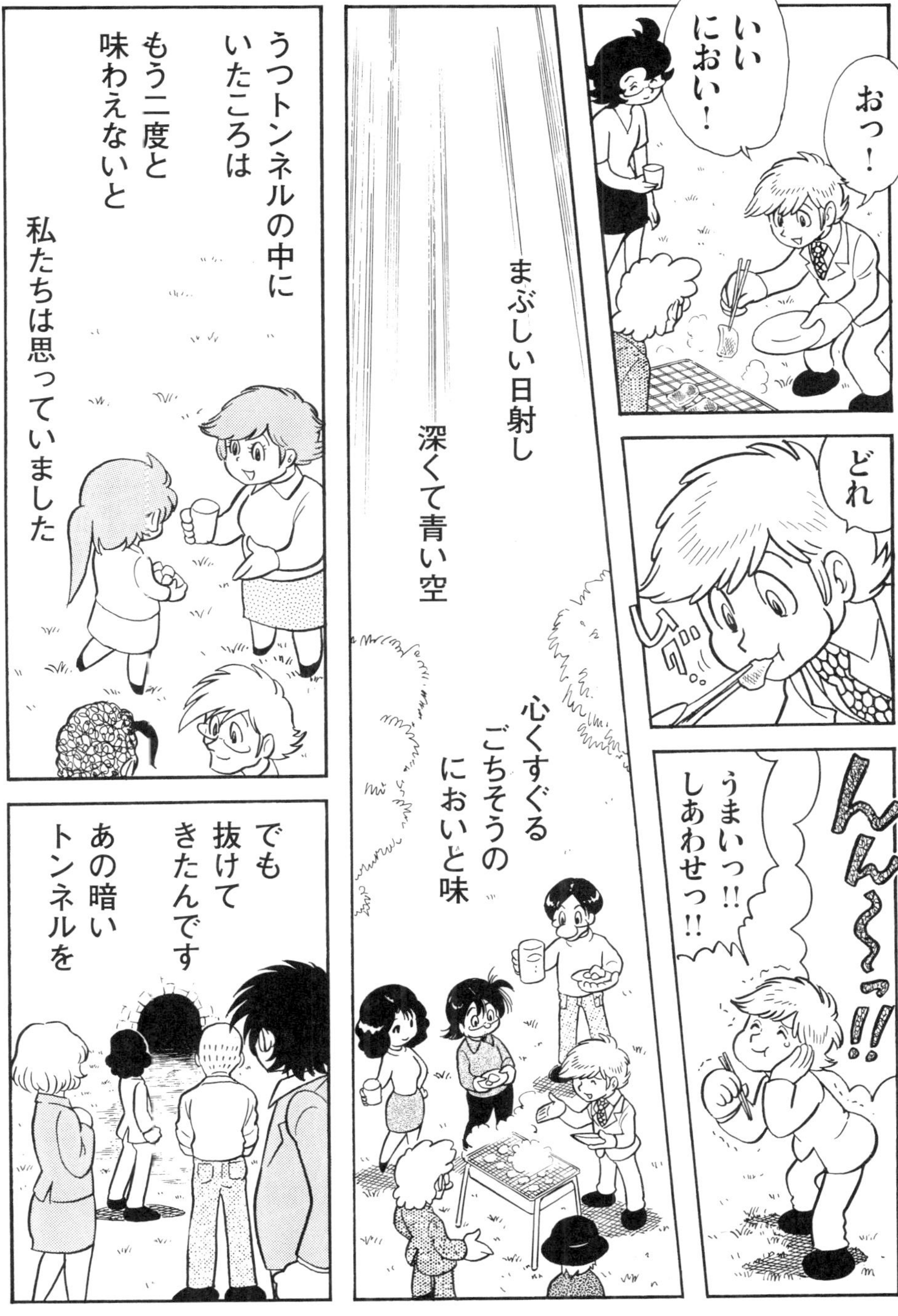
おっ!
いい においい!
どれ
んぐ
うまいっ!! しあわせっ!!
んん〜〜っ!!
まぶしい日射し
深くて青い空
心くすぐる ごちそうの においど味
うつトンネルの中に いたころは もう二度と 味わえないと
私たちは思っていました
でも 抜けて きたんです あの暗い トンネルを

ある学者は
患者の脳に
電極を
さしこんで
特定の部位に
電気を
流すことで
うつ病の治療に
成功したと
言っています
逆に
ある精神科医は
こう言っています
心にかかる
負荷を
取り除かないと…
うつは　薬や
物理的な方法では
根治しない――
幼少期のトラウマ
人間関係から来るストレス
自信喪失
結局のところうつの正体ってなんだったんでしょうね
そうだね
ボクらは医者じゃないから断定的なことは言えない
でも…
17名もの人を取材してぼんやりと見えてきたんです
「うつ」という怪物の真の姿が
――ということで
今回は総まとめ
今まで取材を受けてくださった方々に集まってもらいあらためて語っていただきました

まとめ　その1
なぜ人は うつになるの?
自分を きらいに なるから
これは 真理だと 思うの!
ですね!!
私さえ この場 から いなく なれば いいんだ…
もしこの言葉を 自分じゃなく 他人に対して 言ったら
あなた さえ この場から いなく なれば!!
人間関係が 破綻します よね
本当だわ
他人を 傷つける のは ダメで
自分を 傷つける のは OKなんて 絶対に ありえない
自分も 「他人」と 同じなの!!
他人に 気を使うのと 同じくらい 自分にも 気を使って あげて!!
「子供のころの 苦しい思い」を 心に閉じこめた ままなのも
うつに なりやすい 要因 ですよね

本当はお父さんにやさしくしてほしかった
本当は　多くの友だちと仲よくなりたかった
母が死んだ悲しみを大声で泣き叫びたかった
子供のころはやむなく「自分の本心」を閉じこめてしまったけど
大人になった今子供のころの自分を
許してあげよう認めてあげよう解放してあげよう
お父さんにあまえたい
みんなと友だちになりたい
もう泣いていいんだよ
お母さん――!!
これがうつヌケにつながった人も多かったですね
本当は自分を大切にしたいのに傷つけてしまう
自分の「心の声」をちゃんと聞いてあげないと人はうつになる…
本当は友だちがほしいのに孤立を選んでしまう…
これはまちがいなさそう

まとめ　その2
うつになってしまったらどうすればいい？
これは「仕事をやめて休め」派と
「仕事が支えになった」派がいて
結論が出しにくいですよね
いや　ちがう
結論は出てるよ
カネコ
もっとうつの本質を見るんだ
うつの本質？
照美《てるみ》さんは仕事のプレッシャーがうつの原因だった
絶対成功させよ
でも大槻《おおつき》さんはライブ（仕事）こそ自分が必要とされる場所であり
「達成感」を得られる時間だった
つまり
同じ「仕事」でも意味が真逆なのさ
自分を否定するものからは遠ざかり
つらい仕事
きつい人間関係
自分を肯定してくれるものに近づこう
あなたが必要

ちょっと待って下さい
自分を肯定するものが身近にない人だってたくさんいますよ
そんな人はどうすれば
それはここまでの取材で答えが出てるでしょ?
小さな達成感を得られる「なにか」を見つけよう
完成した!
登頂〜〜〜っ!!
空気うまい!
大自然に身を置く――
理解ある息子との共通の趣味
なるほど
自分をたよってくれるペットもそれですね
ニャアー…
ささいなことでもいいので必要とされている役に立っていると実感できる瞬間を持とう!!
ボクなんて日々の中で少しでもほめられたりすると
田中さんって事務処理能力が高いですね
そ…そう?
ボクって事務処理能力が高い
高い
高い
高い
高い 高い 高いんだ
心の中で何回も何回も反芻《はんすう》します
これはものすごく効きました

どうです？ ここまでの話って 一本の筋が通ってるでしょ？
人間は本質的に
・自分が好き
・肯定されたい
・必要とされたい
これに 抗《あらが》うと 心が弱る
なるほど でもまだ ひとつだけ 解決して いない問題が ありますよね！
うう…
あれの… ことだね
なぜ うつトンネルを 抜けたのに 時々戻ってしまうの？
ボクもまだ 「突然リターン」と さよならできて いないんだよな…
それは
ボクが 答えを 出してますよ
うつは「なる」ものじゃなくて 誰の心の中にも「眠っている」ものだと 思うんです
色々な原因で 心が弱ると そいつらが 出てくる
ストレスだったり 気温差・気圧差だったり
ここまで うつの正体が 見えてきているんだから こいつらと上手につきあうことも 考えよう！
台風の 低気圧が 近いな…
来るな
それまで 楽しいこと だけを やって すごすか
あと数日で 元気に なるから

そうでした!!
妖怪たちと
うまく
つきあう!!
それですよね!
うつトンネルの
中で
今も
苦しんで
いる
あなたへ
出てきた人がいると
いうこと——
それは
出口があるという
確かな証拠です
私たちは
待っています
だから
焦らず
ゆっくりと
こっちへ
来てほしい
つづく

エピローグ

ちょっと…田中さん！
速いですよ
下り坂は思っている以上に筋力を使うんです
足腰にきますよ
へーき へーき！
取材を終えて下山するボクが今感じていること
それは
人の頭の中には白い歯車と黒い歯車があるということ
トポトポ
ほい！
すみません
…でその歯車
うつの渦中にある時は黒いのだけが回るんだ
時々白い歯車も回るけど
すぐに黒い歯車がそれを止めてしまう
ちょっとがんばってみようかな
やめておけ!! ムダなことさ
ガキ

たしかに普通の人でもそんな時はポジティブな思考がストップしますね
…でも「うつ」の渦中にいても長く回り続けていた白い歯車もあったなぁ
うつの渦中でも白い方が回っていたんですか？
たったひとつの小さな歯車だったけど…
カラララ…
ダメだ 音楽を聴いても全然頭に入ってこないし何の感動もわかない
もっと音楽以外になにか気分が晴れるものはないかな？
そこでボクの目に留まったのはとあるアイドル声優のポッドキャストだった
「咲矢《さくや》スミレの日々是《これ》ふんわり」…？
Contents
Voice
Mail
Etc.
アイドルといってもまだ あまりテレビアニメに出演したこともない新人だったけど
毎日更新されるなにげないトークが
まるで離れて暮らしている妹か娘が毎日ボクに報告してくれているみたいに思えて
孤独に沈んだ心を軽くしてくれた
今日はゲームの収録があって…
おいしいカレー屋さんを見つけたの…
子供のころは病弱で……

今まで
アイドルに興味すらなかった
ボクも
なるほど
みんなが
アイドルに
ハマる理由って
こういうこと
だったのか
…と
開眼した
咲矢スミレ…
スミレ
ふんわり
Voice
Mail
Etc…
顔写真も
公開していないし
どんな人
なんだろう？
じゃあ
それが
「うつ脱出」の
きっかけに
なったん
ですか？
いや
それが
決定打には
ならなかった
脱出の
いきさつは
すでに
語った
とおりだけど…
うつヌケして
少しずつ自信が
回復して
白い歯車が連動して
動いてきた時…
物書きとしては
うつ病脱出の
経験を
マンガ作品として
残したいな…
とは言っても
ギャグマンガ家の
ボクに
そんなシリアスなの
描けるのか？
…いや
実力のある編集者と
組めれば案外…
う～ん
待てよ…
それ以前に
うつ病の人が
マンガの本なんて
読むのか？

ええい！行動あるのみ！
私、うつ病を脱出しました。これをマンガにしたいのでどなたか一緒に組んでくれる編集者さんを募集します。
すると…
な…なにこれッ？
これは私への呼びかけにちがいないわ
編集部
この田中圭一の「うつ病脱出マンガ」
私が担当しないで誰がすると言うの！
カチッ
文芸カドカワ編集部
折《おり》 晴子《はるこ》
ボクの呼びかけからわずか5分後に
ぜひとも「うつヌケ経験者」である私に担当させて下さい
経験者？
そう！
こうか5話の人ですよね
担当者だったのか…
うつ体験を共有できる編集者と組めたことで作品のクオリティーが確かなものとなり
2014年12月「うつヌケ」は「文芸カドカワ」にて連載スタート!!
文芸カドカワ
GEEKSTER

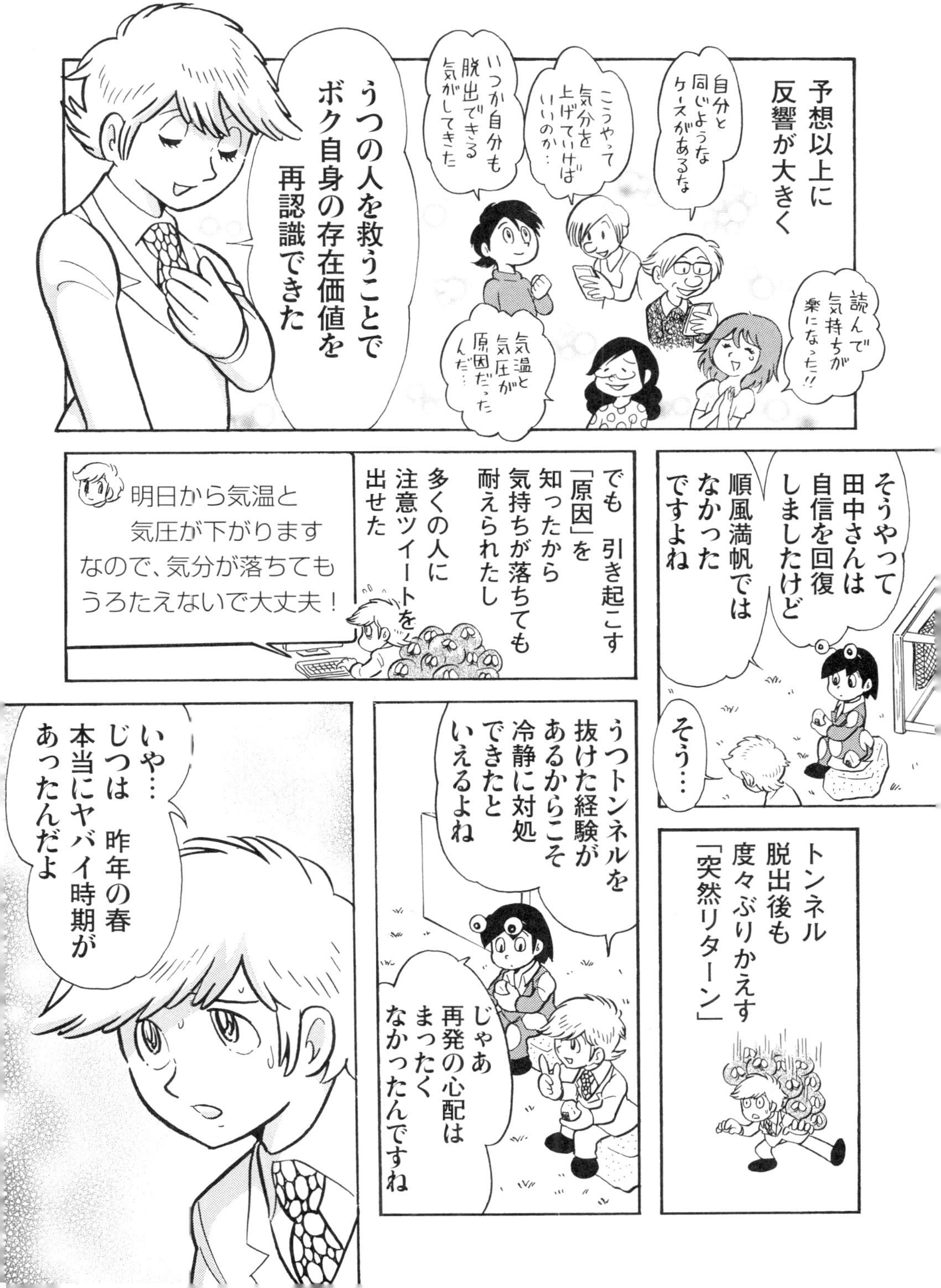
予想以上に反響が大きく
自分と同じようなケースがあるな
こうやって気分を上げていけばいいのか…
いつか自分も脱出できる気がしてきた
読んで気持ちが楽になった!!
気温と気圧が原因だったんだ…
うつの人を救うことでボク自身の存在価値を再認識できた
そうやって田中さんは自信を回復しましたけど順風満帆ではなかったですよね
そう…
でも 引き起こす「原因」を知ったから気持ちが落ちても耐えられたし多くの人に注意ツイートを出せた
明日から気温と気圧が下がります なので、気分が落ちてもうろたえないで大丈夫！
トンネル脱出後も度々ぶりかえす「突然リターン」
うつトンネルを抜けた経験があるからこそ冷静に対処できたといえるよね
じゃあ再発の心配はまったくなかったんですね
いや…じつは 昨年の春 本当にヤバイ時期があったんだよ

大学で新コースの立ち上げを任されたんだ
それもたったひとり少ない予算で
やったことのない種類の仕事
絶対に失敗はできないというプレッシャー
ほどなく
物忘れ
ケアレスミスの増加
初夏に入るころには
ああッ！文字が頭に入ってこない
AO受験
黒い歯車が白い歯車を止めにかかってきた
まさかの再発？
いや
踏み留《とど》まれた
なぜなら
ボクにはあのトンネルを抜けた経験があるから
その時　ボクは自分にこういい聞かせていた
本当にヤバイと思ったら仕事を辞めていいんだ
全ての苦痛から逃げて気持ちを正常に戻せばまたいい仕事はできる
そしてある日
ん？
ネットで自分のマンガの評判をリサーチしていたところ
「うつヌケ」読んだらすごく心が楽になった
周囲の人にも薦めたい
咲矢スミレ
咲矢スミレ？

なんと…
ボクがうつでつらかった時に心を楽にしてくれたポッドキャストの声優さんを
今ボクの「うつヌケ」が楽にしてあげている
感激して思わずメールを打ちました
あなたの声で気持ちが楽になって
カラララ ラ ラララ
そして次は夏コミケ会場でのこと
お買い上げありがとうございます！
サイン？今だったらいいですよ
お名前は？
咲矢スミレといいます
はじめまして田中先生
え
メールありがとうございました
Sketch Book

いえいえ いえいえ！
こちらこそ ありがとう ございました
いやぁ〜 まさか ご本人に 会える日が こようとは！
カラララララ
カラララララ

じつのところ ボクも 取材を続ける 中で
自分もいつか うつになるんじゃ ないかと心配に なってきているんです

大丈夫だよ
抜け出た人たちの 成功例を あんなにたくさん 取材しただろ？

見ろよ カネコ
うつトンネルの 出口が あんな遠くに

おわり

うつヌケこぼれ話　その1

うつヌケこぼれ話　その2

あとがき

ボクがうつ病に罹って回復する過程での心の変化について、また取材させていただいた方々に対してボクが感じたことについては、本編ですべて語っています。なので、あとがきについては「なぜこの本を世に出したいと思ったのか」について書かせていただきます。

本編でも描かせていただいたように、ボクがうつトンネルを脱出するきっかけになったのは、たまたま立ち寄ったコンビニに置いてあった一冊の本『自分の「うつ」を治した精神科医の方法』（宮島賢也著）を手に取ったこと、でした。世の中に「うつ病から脱出するための本」は数多くあると思います。その中で、ボクが宮島賢也さんの著書を手にしたのは偶然にすぎませんでした。でも、その一冊との出会いが10年近くうつトンネルを彷徨ったボクを出口へと導いたのです。

映画監督スティーヴン・スピルバーグが、あるインタビューでこんなことを言っていました。「私はディズニーに借りがあるのだ。だから映画を作っている。」と。子供のころ彼の心を大きく揺さぶってくれたディズニー映画に借りがある、だから人々の心を揺さぶる映画を作っているのだ、というわけです。

そう、ボクだってクリエイターです。マンガという形で宮島賢也さんに借りを返す義務があると思いました。うつトンネルで苦しんでいる多くの人たちにとって「偶然出会う一冊」を描いて世に出さねばならない、そういう思いから本書執筆に思い至りました。

第1話にも描きましたが「つらく苦しいうつトンネルから脱出できた者として、今なお苦しむ人を救わずにはいられない。」この思いは今も変わっていません。

最後に、本書執筆に尽力してくださった方々に心より御礼を申し上げます。

担当編集の金子さん、あなたと組まなければ「うつヌケ」は描けなかったと思っています。本当にありがとうございました。

株式会社ピースオブケイクの加藤さん、noteでの同時展開ができなかったら「うつヌケ」はスタートできませんでした。本当にありがとうございました。

そして、モノクロ版の仕上げを手伝ってくださった小供大僧正さん、カラー版を着色してくださったユズキさん。プロフェッショナルの確かな仕事をありがとうございました。

2016年11月12日
田中圭一

田中圭一（たなか・けいいち）

1962年5月4日大阪府枚方市生まれ。近畿大学法学部卒業。大学在学中の83年小池一夫劇画村塾（神戸校）に第一期生として入学。翌84年、『ミスターカワード』（「コミック劇画村塾」掲載）で漫画家デビュー。86年開始の『ドクター秩父山』（「コミック劇画村塾」ほかで連載）がアニメ化されるなどの人気を得る。大学卒業後はおもちゃ会社に就職。「週刊少年サンデー」にも不定期で『昆虫物語ピースケの冒険』（89～91年）を連載した。パロディを主に題材とした同人誌も創作。最新刊は2017年1月刊『田中圭一の「ペンと箸」』（小学館）。

※本作品はうつ病を脱出した人を取材し、その体験談をドキュメンタリーコミックとしてまとめたものです。描かれている内容は、あくまで個人の体験に基づいた感触、感想で、治療法ではありません。（編集部）

うつヌケ

うつトンネルを抜《ぬ》けた人《ひと》たち

2017年1月19日　初版発行
2017年2月25日　4版発行

著者　田《た》中《なか》圭《けい》一《いち》
発行者　郡司 聡
発行　株式会社KADOKAWA
東京都千代田区富士見2-13-3　〒102-8177
電話 0570-002-301（カスタマーサポート・ナビダイヤル）
受付時間9:00～17:00（土日 祝日 年末年始を除く）
http://www.kadokawa.co.jp/
印刷所　図書印刷株式会社
製本所　図書印刷株式会社

ブックデザイン　須田杏菜

ISBN 978-4-04-103708-9　C0095